転生したら
第七王子だったので、
気ままに
魔術を極めます
8
author
謙虚なサークル
illust. メル。
JN019237

「……それで
サリア姉さん。
俺に何か用ですか？」
「もう少し待ちなさいな。
もう一人呼んでるから」
「はぁ……」
サリア
ロイド

イーシャ
「お、遅れましたーーっ！」
バタン！　と扉を開けて
現れたのは教皇イーシャだ。

「悪いけど、今日のところは
引かせて貰うよ」
「ははは、何を言うかと思えば。
そう易々と逃げられると――」
言いかけて、聖王の動きが止まる。

「なんとまぁ……
呆れる程の魔力の奔流だね。
まるで世界の果てに存在する
滝を思わせる力強さだ。
これが噂の第七王子……
聖王庁でも要注意人物と
言われているだけはある」
「チィ……あの時よりも更に
凄まじい魔力を放ってやがる……！
それだけじゃない、
術式の緻密さも比較にならん。
クソったれ……気に入らん。」

「かかか、鏡をご覧ください！　自身のお姿を！」
「？」

言われるがまま
部屋に備えつけてあった
鏡に目を向けると――
そこに映っていたのは俺、
ではなく融合した
ベアルの姿であった。
「な、なんだこりゃあ？
なんで俺が
ベアルになってるんだ？」

Tensei shitara dainana
ouji dattanode,
kimamani majyutsu wo
kiwame masu.

転生したら第七王子だったので、気ままに魔術を極めます

author
謙虚なサークル

illust. メル。

転生したら第七王子だったので、気ままに魔術を極めます8

謙虚なサークル

講談社ラノベ文庫

口絵・本文イラスト／メル。
デザイン／ＡＦＴＥＲＧＬＯＷ

俺はサルーム王国第七王子、ロイド＝ディ＝サルーム。魔術が大好きな十歳だ。

前世はしがない貧乏魔術師で、貴族に目を付けられ決闘という名の私刑を受けたが、初めて見る上級魔術に見惚れてしまい、防御を忘れて直撃を食らい命を落とした。

しかし気づけばこの身体に転生していた。素晴らしい才能を手に入れ、更には王位継承権とは無関係の第七王子という事で好きに生きろと言われた俺は、自由気ままな魔術ライフを送っているのである。

「はあっはァ！　くたばるがいいぞロイド！　魔王滅殺黒撃破ぁ！」

「なんの！　三重詠唱大規模魔術、輝天牙！」

ずどおぉぉぉん！　と衝撃波が巻き起こり、その影響で周囲の空間が大きく歪む。

岩壁は崩れ、大地はめくれ上がり、天井からは岩石が落ちてくる。

——ここは北の果てにある、名もなきダンジョン。

ここはかつて俺が色々やらかした末に生まれた超巨大ダンジョンで、人の住まない最果ての地に存在している。

極寒の環境に加えて強力な魔物が溢れている為、現在は誰も近づかないので俺の実験場となっているのだ。

とはいえサルームからは遠いので時々魔物が溢れないよう掃除に来ていたくらいだった

が、最近は頻繁に訪れている。

　理由は俺の目の前にいる人物だ。

「くくっ、やるなぁロイド。まだまだ引き出しがあるようで、実に嬉しいぞ」

　くぐもった笑いを漏らすのはメイド姿をした鮮やかな緑色の髪の少女……その中にいる魔王ベアルだ。

　メイドの少女——コニーは以前通っていたウィリアム学園で知り合った、魔道具作りが好きな女の子。

　彼女は魔力を持たない魔宿体質だが、代わりに手先がべらぼうに器用なのだ。

　その能力は魔道具作りに遺憾なく発揮され、俺をも唸らせる凄まじい技術を持っている。

　ちなみにベアルの出現時には黒い外套を羽織り、縦に半分に割れた仮面を付けた姿となるのだ。

　コニーが住んでいた村では、人々は強い大地の魔力の影響で生まれつき魔力障害を持つことが多かった。

　それを何とか出来るような魔道具を作り出すべく学園を訪れたコニーだが、彼女の身体には魔王ベアルの核が眠っていた。

覚醒したベアルは魔王というだけあって相当強く、苦戦の末に何とか倒せたのである。

しかしコニーはベアルの知識がもったいないと言い出し、自ら魔王を受け入れ一つになった。

そうして半分魔王となったコニーを放置するわけにもいかず、俺のメイドとしたのだ。

……まぁ俺もベアルの知識は欲しかったしな。これぞ三者三得。皆が幸せになったというわけである。

そんなわけで現在コニーの身体には本人とベアル、二つの意思が宿っている。

普段はコニー本人が身体を使っているが、時折ベアルが出てきてはこうして俺に勝負を挑んでくるのだ。

俺に負けたのを未だに納得していないらしい。

ベアルはかつて強者を求め、わざわざ海を越えた魔界からこの大陸へ来たという根っからの戦闘馬鹿だからなぁ。

とはいえ俺としても魔術を思いきり使える相手がいると実験が出来てありがたいし、ここは持ちつ持たれつってところかな。

もちろんベアルの戦闘力はすさまじいので俺も割と全力で相手しなければならず、それにふさわしい場所が必要となる。

そこでこのダンジョンだ。ここは俺の魔力を元に作られている為、非常に広くて頑丈なのでどっかんばっきんやるのには打ってつけなのである。

「どうでもいいがそんなに荒っぽくして本体のコニーは大丈夫なのか？」

攻撃を弾(はじ)きながら言うと、ベアルは口角を歪めながら突進してくる。

「無用な心配よ！　我が魔力にてコニーの身体は常に保護されておるからな！　我が死ぬ程のダメージでもなければ死にはせぬ。むしろこやつの普段の生活の方がよほど危ないぞ。食生活は乱れているわ夜更かしはするわ、肌のケアもろくにせぬわ……早死にするぞ全く」

ブツブツ文句を言いながらも魔力弾を連発してくるベアル。

お肌や生活スタイルを心配しながらやることじゃないぞ。

「も、もうベアル！　やめてってば恥ずかしい」

「事実だろうが。もっと自分を大事にしろ馬鹿者め」

黒い魔力体に覆われた隙間から、コニーが恥ずかしそうに声を上げている。

あまりに魔王っぽくないセリフだが、健康管理は大事だぞ。

ちなみに俺はメイドのシルファやレンが面倒見てくれているので問題ない。ふっ。

「つーかロイド様！　やべぇですって！」

ひょこっと俺の掌にいた魔人グリモが声を上げる。

「あんまり長く戦ってたらダンジョンの方がもたねぇですよ。自動修復するとは言っても限度がありますぜ」

「そうです。壁や天井が二人の戦いに耐えられず、今にも崩れそうになっていますよ。今回はこれくらいにしては如何(いかが)でしょう」

もう片方の掌から天使ジリエルが声を上げる。

二人は俺の使い魔で、今は術装魔力腕――白と黒の手袋として俺の両手に宿っている。

魔力の完全物質化――上位魔族の得意とする技で、組み上げるのに時間はかかるが、これにグリモとジリエルを宿すことで戦闘能力を飛躍的に向上させることが可能なのだ。

流石にベアルを相手にするには、この状態でなければ厳しいからな。

とはいえ出力が上がり過ぎてしまう為、周りへの影響を考えなければいけないのは欠点の一つだが。

「確かにそろそろ限界みたいだな。……おーいベアル、そろそろ終わりにしよう」

声をかけるとベアルは臨戦態勢を解く。

「ふん、人界のダンジョンは脆(もろ)すぎるな。まぁいい、今日のところはこれくらいにしてやるか」

つまらなそうに降りてくるベアル。

ダンジョンは自力で修復する機能があるとはいえ、限度があるからな。

魔術に夢中で周りが見えなくなるのは我ながら相変わらずだ。

「ありがとうな。二人が教えてくれなかったら危なかったぞ」

戦いが終わるとグリモとジリエルは術装魔力腕を解き、子ヤギと小鳥の姿になる。

「まぁ仮にダンジョンが崩れても、ロイド様なら余裕で抜け出しちまいそうですがねぇ……」

「ベアルもまた同じでしょう……本当に恐ろしい二人です。そろそろ世界も掌握出来るのでは？」

おいおい、俺がそんなことをするはずがないだろう。

大体世界征服なんて面倒なことをしてたら、俺の大好きな魔術の研究が出来なくなってしまうじゃないか。

「でもベアルは過去にそうしようとしてたんだよな」

「む……あぁ。そうだな」

——魔軍進撃、かつてベアルは魔界から軍勢を引き連れ、大陸で暴れ回ったらしい。

だが魔術師の祖、ウィリアム＝ボルドー率いる人類軍との戦いとなり、その地で眠りについた——だっけか。

「そういえばまだ詳しい話を聞いてなかったっけ。今回はその時の話を教えてくれよ」

実は俺はベアルの勝負を受ける条件として、その度知識を一つ教えて貰っているのだ。

「あ、私も聞きたい。よろしくベアル」

「よかろう……というかよ〜〜うやくって〜〜うやくその話か」

やれやれとため息を吐くベアル。ようやくってどういう意味だろうか。

「我としてもいつその話を聞いてくるかと身構えておったのだが、貴様らはいつもいつもどうでもいいことばかり聞いてくるからな。ヤキモキしていたぞ」

「どうでもいいことは全然聞いてないつもりなんだけどなぁ……」

ベアルの持つ特有の黒い魔力とか、人の身体を乗っ取るってどういう感覚なのかとか、魔界における魔術の立ち位置とか、聞きたいことが多すぎてベアル自身についてはあまり尋ねる機会がなかっただけだ。

「というか自分のことを聞いて欲しいって……なんか可愛いよねベアルって」

「んなっ！　ふ、ふざけるなよコニー！　言うに事欠いて可愛いなど、我は魔王だぞ！」

「ふふっ、はいはい聞くから。貴方のことを教えて頂戴」

「〜〜〜ッ！」

コニーにからかわれ、悶えるベアル。

なんだか姉弟みたいである。

「……はぁ、まぁいい。かつての魔軍進撃で何があったか、だったな。よかろう話してやる。心して聞くが良──」

「あ、その前にお茶を淹れるね。皆、喉が渇いたでしょう」

コニーが立ち上がり用意していたティーカップにお茶を注ぎ始める。

またも話の腰を折られ、ベアルはがっくりと肩を落とす。

相変わらずマイペースだなぁコニーは。

「いや、人のことは言えねぇですぜロイド様……」

「むしろコニーよりも何倍もマイペースです……」

グリモとジリエルが何やら言っているのを放置しつつ、俺はベアルの話に耳を傾ける。

「──かつて魔王としての生活に飽き飽きしていた我は、配下を連れ人の住む大陸を目指した。魔界では既に我に歯向かう気骨ある者はいなくなって久しかったからな。力が全ての魔界では我のように突出した存在が知れ渡れば歯向かう者はすぐにいなくなってしまうのだよ」

コニーの淹れた砂糖たっぷりの紅茶を口にしながらため息を吐くベアル。

あれだけの力を持つベアル相手に挑もうとする者は、そりゃいないだろうな。

戦好きのベアルとしてはそりゃ退屈極まりない日々だったであろう。

「でも大陸を目指した理由は？　魔術師の祖、ウィリアムの噂は魔界まで轟いていたのか？」

「いいや、我は強者を探させるべく配下を世界中に放っていた。それなりの報告は受けたがただ一人、人の住む大陸に放った者だけが帰ってこなかったのだ。すなわち我が配下を葬る程の実力者がいる、という事に外ならぬであろう」

「手当たり次第に……何ともはた迷惑な……」

ジリエルが眉を顰めている。

まぁ世界中に魔族なんか送り込んだら、大混乱だよなぁ。

魔族ってのは一体でも余裕で国を滅ぼせる力を持っている。

魔軍四天王は当然として、以前戦ったギザ……なんとかって奴もまぁまぁな力を有していたものだ。

「ちなみにこの大陸に送っていたのは配下でも一番の腕利きでな。……くくっ、報告を受けたときは血が躍ったぞ。——ともあれ、胸躍る強者の存在を知った我は海を越え大陸に渡ったわけだが、着くなり早速人の軍勢と相対した。既に我らの動きを察知していたのだろう。海岸を埋め尽くす兵の数々、更に魔族と渡り合う程の実力者も多数いた。特にウィリアムは強かったぞー。何度追い詰めても上手く逃げられてな。しかも我の相手をしながらも、四天王を含む魔族の強者を封じていく手腕は見事としか言いようがなかった……全く、大した奴だったよ」

苛立たしげに舌打ちをするベアルだが、その表情はどこか嬉しそうにも見える。

まさにライバルというやつだったのだろう。やはりウィリアム＝ボルドーってすごい魔術師だったんだなぁ。

「ウィリアムの奴は我々にとっての死神でしたぜ。奴の姿を見たものは死ぬと恐れられてたもんでさ」

「グリモもウィリアムに封印されたのか？」

「……いいえ、俺は全然知らねー奴にでさ」

「ぶはっ！　それはそうだろうな。貴様のような雑魚魔人、かのウィリアム＝ボルドーが手を下すまでもあるまいよ」

「テメェこそクソ天使！　どーせプルプル震えて物陰に隠れていたんだろうが！」

「き、貴様何故それを……」

グリモとジリエルが言い争っているが、そういえば二人共、魔人に天使なんだからあの戦いに出ていてもおかしくはないか。

雰囲気からしてどちらも下っ端だったようだが。

「……おい、話を続けてよいか？」

「はいっ！」

ベアルに睨まれ、二人はピンと背筋を伸ばす。

咳ばらいをしながらベアルは続ける。

「ともあれ我らは戦いに興じた。神々が味方したこともあるが、人間共もまぁまぁ厄介でな。我が軍とは一進一退の激戦であった」

「ん？　でもベアル程の力があれば、人類軍なんか簡単に壊滅に追い込めたんじゃないか？　いくらウィリアムでもベアルには及ばなかったんだろう？　無理矢理突っ込めば押し潰せたんじゃあないか？　天界の奴らが強かったとか？」

「いや、連中は意外と引け腰でな。そう苦戦することもなかったのだが、もう一人厄介な者がいたのだ。……全く、思い出しても忌々しい……」

ウィリアムの時と違い、好敵手というよりはただ忌避する存在を語るような口調にグリモがハッとなる。

「！　聖王……ですな」

頷くベアル。

聖王といえば教会の総本山というべき聖王庁の頂点に立つ人物である。

何年かに一度、教会にて天啓を受けた者数名が候補となり、その中でも厳しい試練を乗り越えた者。

神の下でその力を直接振るう執行者、それが聖王なのだ……と、俺の仲間、元教皇のギタンがそんなことを言ってた覚えがある。

「ベアルがそこまで言うってことは相当強かったんだろうな」

「いいや、我は奴とは一度として戦えておらん」

「どういうことだ？　厄介な相手だったんだろう？」

訳が分からない。俺が首を傾げていると、コニーが何かに気づいたようにポンと手を叩く。

「わかった。防御や回避能力がスゴかったんだ」

コニーの言葉に俺はふむと頷く。

なるほど、教会の神官などが得意とする神聖魔術は防御や回復能力に優れている。

聖王と言えばそのボスだ。そりゃもうスゴい神聖魔術を使うのであろう。魔王であるベアルがまともに戦えなくなる程の。

しかしそうではない、とベアルは首を横に振る。

「ふん、それより何倍もタチが悪い奴であったよ。あぁくそ、思い出すのも忌々しい……」

何やらブツブツ言い始めるベアル。

魔王であるベアルをして厄介と言わしめるとは、一体どんな力なのだろうか。

恐らく神聖魔術の使い手なのは間違いないのだろうが……なんにせよ面白そうだ。

「なぁベアル、聖王とやらのこと、是非とも詳しく教えて欲しいんだけど」

「思い出したくもないと言っておるだろうがっ！」

「そう言わずにさぁ」

「ひゃっ⁉　ちょ、ちょっとロイド君、いきなり抱きつかないでってば！」

肩を摑（つか）もうとすると、ベアルはコニーの中に潜り込んでしまった。

あ、くそぅ逃げられたか。よっぽど語りたくなかったらしい。

だったらあんな中途半端に語らないで欲しいものだ。これでは生殺しである。

「俺も聖王なんて奴は見たことねぇですな。名前を聞いたことがあるくらいでさ」

「私も……ただ彼（か）の人物は我々天使の間でもかなりの重要人物だと聞き及んでいます。天界の頂点たる唯一神様と直接契約しているとか」

どうやら二人もよくは知らないようだ。

ふーむ、聖王か。めちゃくちゃ気になるが聖王庁は遠い。それに教会関係はかなりガードが堅いからな。

以前、神聖魔術を学びに教会に入信した時も中々教えて貰えなかったものだ。その総本山である聖王庁は更にだろう。会うのは難しいかもしれない。

「あーあ、会ってみたいなぁ、聖王……」

「無理でしょうなぁ……」

「無理でしょうねぇ……」

俺の呟きに即座にツッコんでくるグリモとジリエル。

おいおい二人とも夢がないなぁ。案外フラッとサルームを訪れたりするかもしれないぞ。

◇

「ロイド様、朝でございますよ」

「そうそう、早く起きないと」

「んあ……」

身体を起こして伸びをする。

カーテンから差す光の眩しさに慣れてくると、目の前にはメイドが二人佇んでいた。

「ふぁーあ……おはよう二人共」

銀髪の方がシルファ、紫髪の方がレン。

二人共、俺専属のメイドとして日々働いてくれているのだ。

「おはようございますロイド様。朝食の準備が出来ておりますよ」

そう言いながら、二人がかりで俺の支度を整えるシルファとレン。

顔を拭いて夜着を脱がせ、袖を通させて……あっという間に着替え終わった俺は、そのまま食堂へと連れていかれる。

「なんだか二人とも、今日はいつもより急いでいるような気がするな。何かあるのか？」

「ええ、直ぐに連れてくるように言われておりまして」

「早く準備して顔出さないと怒られちゃうよ！」

誰かに呼ばれている？　でもアルベルト兄さんはまだ朝の執務中だろうし、一体誰が……ま、行けばわかるか。

食堂の扉を開けると、既にテーブルに着いて食事をしている人物がいた。

「もむもむ……おふぁよロイド」

「サリア姉さん！」

眼鏡を掛けた黒髪の女性、俺の姉である第四王女サリアがリスのように頬を膨らませながら食事を口に運んでいた。

あらゆる楽器を手足のように操り、その旋律は神々をも魅了するとまで言われる、まさに音楽の申し子なのである。

ただし音楽以外に興味はなく、人の名前すらまともに憶えないという変わり者だ。俺のことだけはなんとか憶えてくれているが、他は兄妹の名すらあやふやである。

それにしても今日は一体どういう風の吹き回しだろうか。

普段は一日の殆(ほとん)どを城の音楽塔でピアノを弾いて過ごし、食事もその辺で適当に済ましているのに一体何が――

「もごっ⁉」

突如、サリアの飛ばしてきたミートボールが俺の口にスポッと入る。

「ロイド、あなた何か失礼なこと考えてたでしょう」

「そ、そんなことないですよ。はは、ははは……」

愛想笑いしながら、サリアの向かいの席に着く。

サリアは天才肌というか、何を考えているかよくわからない所があるからなぁ。見透かされている感があってちょっと苦手なのである。

「サルファ、リン、食事の用意を」

「はい」

シルファとレンが言われるがまま俺の前に料理を運んできた。名前を間違えられるのはいつものことなので二人もいちいちツッコまない。

ともあれ用意された朝食を口に入れていく。うん、相変わらずシルファの作る料理は美味いな。レンも腕を上げてきたもんだ。

カチャカチャと食器の鳴る音が聞こえる中、俺はサリアに尋ねる。

「……それでサリア姉さん。俺に何か用ですか？」

「もう少し待ちなさいな。もう一人呼んでるから」

「はぁ……」

言われるがまま、俺も朝食を食べ続ける。呼びつけておいて勝手だなぁ。今に始まったことではないけれど。

しばし待っていると、廊下でドタドタと走り回る音が聞こえてきた。

「お、遅れました――――っ！」

バタン！　と扉を開けて現れたのは教皇イーシャだ。

元はただ歌が好きなだけの修道女だったが、色々あって教皇になったのである。

基本的にはただのお飾りらしいが、周りのサポートもあり、なんやかんやで仕事は上手くやっているらしい。

その美声は天界にも響き渡ると言われており、特にサリアと共に奏でる協奏曲は音楽に興味のない俺でも感じ入る程だ。

なるほど、待っていたのはイーシャだったのか。

「久しぶり、イーシャ」

「あら！　あらあらロイド君！　お久しぶりですっ！」

俺を見つけるや、イーシャは小走りで駆けてきてがばっと抱きついてくる。

うぷっ、苦しい。わざとらしく咳払いをするシルファに、イーシャがハッとなり俺を離す。

「あはは……ごめんなさい。つい……」

「やっと来たわね。イーシャ」

「えぇはい、お待たせしましたサリア。ちょっと仕事が立て込んでいまして……おほん」

イーシャは咳払いをすると、俺をじっと見つめる。

「今日ここへ来たのはロイド君に頼みたいことがあったからです。……単刀直入に言いますね。私たちと共に歌って欲しいのです」

「俺が……二人と？」

「ええ、実は先日、聖王様がここサルーム王国にいらっしゃるとのお達しがありまして」

「！」

思わず目を見張る。

おおっ、つい先日俺が言った通りの展開じゃないか。

いやぁ、意外とフラッと訪れたりするものなんだなぁ。

イーシャは興奮した様子で言葉を続ける。

「聖王様は滅多に聖王庁をお離れにならない方で、私でも会ったことがないんですよ。そんな人がサルームを視察なんて、まさに前代未聞の大事件！　そりゃもう歓迎するしかないでしょう！　というわけで教会側から国王様にお願いし、国を挙げてのお祭りが行われることになったのです！」

「そこで私とイーシャが演奏をすることになったのよ。でも相手は聖王。私たち二人の音楽では完璧な歓迎とは言えないわ。だからロイド、あなたも出なさい」

そういえば二人は何故か俺の歌を高く評価していたっけ。

正直な話をすると俺の歌は制御魔術でコピーした模造品なんだけどなぁ。

というかサリアとイーシャの二人でも、十分過ぎると思うのだけれども——


「そういうことなら、是非とも！」

もちろん、断る理由はない。

歌などには微塵も興味ないので本来だったら絶対断るが、聖王の前での演奏ってことは目の前でってことなのだろう。

件の聖王とやらを直に見るいい機会だ。

その為だったら歌の一つや二つ、歌ってやるとも。


「ロイドの歌は未だモノマネの域を出ていないけれど、繊細なテノールと透明感のあるボーイソプラノが入り混じったその声質はまさしく唯一無二。ロイドが加われば、私とイーシャだけでは出せない至高の音が表現出来るはず」

「ええ、ええ！　それに以前誘った時はかなり嫌々でしたけれど、ロイド君の歌は本当にすごいんですから！　今回は本人も乗り気みたいですし、期待出来ますよ！　……ふふ、久しぶりにアガってきました！」

サリアとイーシャは何やらブツブツ言いながら、食器をカチャカチャ鳴らして奏で始める。

片やフォークとナイフ、片や鼻歌なのに、そこらの一流協奏曲並みだ。

本来なら行儀が悪いと窘められるような行為だが、シルファとレンもうっとりしている。

二人共、やる気になっているなぁ。ただ厳しい練習は勘弁して欲しいものなのだが。

◆

闇の中、一人の男が起き上がる。

狼の如く鋭い目で自らが納まっていた棺桶を見下ろし、呟く。

「……ここは?」

「どこだっていいじゃあないか。君には関係ない。どうでもいい。そのはずだ」

一人ごちる男に答えたのは、彼より少し若い声。

「驚いているのは僕もそうさ。まさか君が応じるとは思わなかった。……だがそんなことはお互いどうでもいいだろ？　重要なのは君が今、黄泉返ったということなのだから」

「……貴様は？」

「なんだっていいさ。あ、でも僕が君を生き返らせた本人だよ。お礼を言うならどうぞどうぞ」

「ふっ、くくくく……」

男が吐き捨てた、その直後。

青年の頭を狙い、凄まじい衝撃波が吹き荒れた。

抜き手、ただしとてつもない魔力が込められたその一撃により、壁には大きな穴が開いている。

「下郎……誰が頼んだ。その無礼、貴様の命をもって贖うがいい」

冷たく言い放つ。だが――

「びっくりしたなぁ。いきなり殺しにくるとか、ビビッちゃったぜ。でも、それでこそって感じだよねー」

返ってきた言葉に男は目を丸くする。

土煙が晴れて現れたのは無傷の青年だった。不可解なのは壁に空いた穴が青年の立つ位置から大きくズレていることである。

確実に狙ったはず……疑念は男を黙らせるには十分であった。

「君には目的があったはずだ。でなければ僕の力でも黄泉返らせることはできなかったからね」

「……」

確かに、男には目的があった。だが志半ばでその命を落としたのだ。

少しずつ記憶が蘇ってくる。己のやるべきこと、そして忌々しいガキのことを。

「つまらないプライドにこだわって、その機会を逃していいのかな？　まー僕はどっちでもいいんだけどさ。断るならもう一度虚空に返すだけなんだけどねぇ？」

「っ！」

その言葉と共に、サラサラと男の身体が崩れていく。

どうやらこの命、自由なものではないらしい。男はそれをしばし見つめながら逡巡し、

「気に入らん……が、いいだろう。不愉快ではあるが貴様の企みに乗ってやる」

「そう来なくっちゃ！　いやーよかったよかった。断られたらどうしようかと思ったぜ。何せ僕ってば非力だしさぁ」

馴れ馴れしく肩をバシバシと叩いてくる青年。

その言葉は恐ろしく軽いが、それでも身体の崩壊は気づけばピタリと止まっている。

彼の力は本物だ。そう信じざるを得なかった。

「ククッ、だが俺が貴様の言うことを大人しく聞くと思わんことだな。隙を見せれば即座に殺す！　そのことをゆめゆめ忘れるなよ」

「おーこわっ。僕は平和主義者なんで、お手柔らかに頼むよ」

二人はどこか楽しげに笑いながら、同じ方へと歩き出すのだった。

◆

俺の予感は見事に当たり、それはもう厳しい練習が行われた。

毎日毎日、演奏の合わせや発声のトレーニング、とにかく歌いまくったのである。

……まぁ基本的には俺の姿をした木形代を制御魔術で遠隔操作し、俺自身は他の部屋で読書をしていたので何の問題もなかったのだが。

いやぁ、学園で貰った書物は読み応えがあるなぁ。何度読み返しても全く飽きない。世の中にはまだまだ面白い魔術があるものだ。

そうこうしている内に街の方でも準備が進んでいたようで、ついに聖王歓迎祭当日を迎えたのである。

どん！　ぱん！　どん！　と花火が上がり、街の人たちの喧騒がここまで聞こえているようだ。

街中が盛り上がる中、俺は城の外れにある音楽塔でリハーサルを行っていた。

サリアがピアノを奏でる中、俺とイーシャが声を合わせて歌う。

「――♪」

演奏が終わり一礼すると、僅かな静寂の後に万雷の拍手が巻き起こる。

まぁ客席にいるのはシルファとレン、そして数人の兵士しかいないが、シルファの拍手が大きすぎるのだ。なんかむせび泣いてるし。

「素晴らしい……素晴らしすぎますロイド様……あ、サリア様とイーシャ様も」

「ちょっとシルファさんそんなついでみたいに……ええとその、三人とも凄かったですよ！」

レンがフォローを入れているがサリアとイーシャの扱いがぞんざいだ。

二人はあまり気にしてなさそうだけれども。

「うん、よくなったわよロイド。見違えた」

「ええ、こんな音が出せたのは初めてです！　ロイド君のおかげですよ！」

サリアとイーシャ、二人の持つ最高のイメージをトレースし続けていたからな。

……というか練習のたびに二人共上手くなるから、そうせざるを得なかったのだ。

最初の頃でも十分過ぎたが、これなら聖王も相当心を許すに違いない。そうすれば俺に色々教えてくれるかもな。ふふ、楽しみだ。

何せ聞いていた兵士たちは感動しすぎて声も出せなくなっている。

「さ、そろそろ聖王様が来る頃です。会場へ向かいましょう」

「そうね。行くわよロイド」

「はい！」

音楽塔を出た俺たちが向かうのは城のすぐそばにあるサルームが誇るシンフォニー・ホールだ。

教会と国の共同建築物で、収容人数は一万人。音響を考えて作られており普段はイベントや演奏会などで使われている。

「それでは時間になったらお呼び致します」

「よろしくサルファァ」

シルファが控え室の扉を閉めると、早速二人は集中し始める。

物音一つしない空間、時計の針を刻む音だけがカチカチと鳴り響く。

「ふーっ、この張りつめた空気がたまらねぇぜ。二人とも完全に自分の世界に入ってやすね」

「サリアたんとイーシャたんの声をこんな近くで、何度も聞けるなんて……色々ありましたがロイド様についてきて本当によかった……！」

ジリエルが感涙している。どうでもいいけど歌ってる時に泣くんじゃないぞ。

「さて、時間まで暇だし、俺は散歩でもしてくるかな」

「いいんですかいロイド様？　こんな時にフラフラしてて」

「あぁ、どうせ制御魔術でコピーした状態で歌うからな。それに聖王は無理でも護衛の一人くらいならフラッと出歩いててもおかしくないだろ？」

さっきチラッと見たが、聖王一団の持つ雰囲気はかなりのものだった。

聖王本人は無理にしても、誰か一人くらいは出歩くかもしれない。そこを狙う。

「いやぁ、それはどうっすかねぇ……」

「護衛している者がフラッと出歩くとは思えませんが……」

「ほら、シルファが呼びに来る前に行くぞ」

俺はこっそりと控え室を抜け出すと、廊下を歩き会場へ向かう。

会場へ入った俺は客席をぐるっと見回す……と、見つけた。

白い衣に身を包んだ集団。彼らが聖王とその護衛たちである。


「ふーむ、まぁ人間にしちゃあ大した魔力だが、特筆すべきとも思えやせんな」

「ええ、聖王は中央に座っている者でしょうか。ここから顔は見えませんが」

集団の真ん中にいる白いフードからは、他よりも一段強い圧力を感じる。

奴が聖王……？　だがベアルが言う程の厄介さとまでは思えないけどな。

それになんだろう。聖王というにはやけに黒いというか……禍々しい魔力を放っている気がする。


「ウィリアムの子孫だって長く続いた平和で随分弱くなっちまったし、聖王もそんな感じで弱っちまったんじゃねーっすかい？」

「そもそも神に仕えし聖王に力など不要。人々に平和を説くことこそが最たる使命です。ロイド様が気にすることもないでしょう」

「やれやれ、分かってないな二人共」

俺は別に強い相手と戦いたいわけではない。

面白い力、特に魔術に関連付きそうなモノを持っているかどうかが重要なのだ。

二人の言う通り彼らからはそこまで強い魔力は感じないが、神聖魔術は未だサンプルが少ないしな。

聖王とかいうくらいならもっと違う力を持っている可能性もあるし。

「とはいえ流石に直接会いに行くわけにはいかないな。目立って仕方ないし。というわけで……向こうに動いて貰うとするか」

そう言って指をパチンと弾く。しばらく待っていると、護衛の一人が慌てた様子で席を外した。

「おおおっ！　護衛が動きやしたぜ！」

「一体何をしたのですかロイド様？」

「ちょっと尿意を催させたのさ」

制御魔術の応用である。

無意識状態を狙えば、これくらいはな。

本当は聖王を狙ったんだが弾かれて隣の奴に当たったのだ。

距離があったとはいえ俺の魔術を防ぐとは……ふふっ、楽しませてくれるじゃないか。

ま、楽しみは後に取っておこう。今回は時間もないことだし、席を立ったあいつでいいかな。

「相変わらずひでぇですな……」

「完全に流れ弾でございますね……」

無防備なのが悪い。シルファなら気配に気づいて躱していただろう。護衛としての自覚が足りないな。

ともあれ俺はあの場所から一番近いトイレに向かうのだった。

「よし、到着」

トイレ近くの柱に背中を預け、気配を消して待つ。

人通りも少ないし、これなら見逃しようがない。

さーて、そろそろ来る頃合いだが。ワクワクしながら待つことしばし――

「……やば、俺までトイレ行きたくなってきたかも」

トイレの前に立っていたからか俺まで催してきた。

くそー、来るのが遅すぎるぞ。ヤバい漏れそう。

「大丈夫ですかいロイド様。我慢するのはお身体に良くありませんぜ」

「えぇ、見張りは私どもがしていますのでどうぞ行ってきて下さいませ」

「それもそうだな」

そそくさとトイレに駆け込むと、丁度一つ個室が空いていた。

ラッキー。入ろうとドアの取っ手を掴む俺と同時に、もう一つの手が重なる。

「あ」

俺とほぼ同時に声を上げたのは何の変哲もない普通の青年だった。

背は高すぎず低すぎず、体型も中肉中背と一言で言えば普通。

黒い髪は普通に切り揃えられ、白を基調としたその衣服も高価そうではなく、かと言って安っぽくもなく、やはり普通。

顔立ちも特筆すべきところはなく、まさに全身普通を絵に描いたような青年であった。

青年は普通に笑いながら口を開く。

「やあ少年、本当に済まないけれど、どうかここは譲って貰えないだろうか？　さっき急に催しちゃってさ、我慢しながら走ってきたけどもう限界ってわけ。ねぇ頼むよ。このとーり！」

手を合わせ頼み込んでくるが、俺も早く終わらせないと聖王の護衛を見逃すかもしれないのだ。

彼に順番を譲るわけにはいかない。

「断る。俺の方が先に手を掛けてただろ」

「いやいや、それを見た人はいないよねぇ？　僕だってこっちが先と主張させて貰うとも。となればお互い水掛け論なわけ。わかる？」

なんだこいつ、やたら粘るな。言い争っている暇はないんだけど。

「悪いがこっちも急いでるんだ。譲るつもりはないよ」

「むむ……あまりやりたくない手だが……わかったよ。これをあげるからさ」

青年が渡してきたのは一枚の銅貨だ。

飲み物でも買ってこいということなのだろうか。

「懐柔ってやつさ。これが妥協できるラインだ。頼むよ少年」

「子供の小遣いじゃあるまいし、当然断らせてもらう」

こちとら第七とは言え王子だぞ。子供の駄賃で懐柔されるはずがない。

「おいおい君、どう見ても子供だろ？　子供の小遣いで懐柔されておくれよ。っていうか、じゃないとそろそろ漏れちゃうんだけどなぁ」

なんてやり取りをしている間に俺も本格的にトイレに行きたくなってきたぞ。

というかこんな会話、時間の無駄だ。さっさと終わらせよう。

「わかった。ここはジャンケンで決めようか。勝った方が先に入るということで――」

「いや、それはダメさ」

青年はそう言って俺の言葉を遮る。

「争いは平和主義者である僕の最も忌むべきものでね。争うくらいなら死んだ方がマシだとさえ思っている。当然これは単なるポリシーだから人に強いるつもりはないけど、ジャンケンを受けることはできないんだよね。そうは言っても生きることは戦いさ。故に平和主義者である僕は誰をも刺激しないよう普通の格好をしているってわけ。あぁもちろんだからと言って負けるのは御免だよ？　負けた側が碌なことにならないのは、人類の歴史が証明しているもの。だから僕は争わずに要求を通す。これが平和主義者である僕の生き方ってわけ。わかったかい少年、わかってくれたなら平和的に話し合おうじゃないか。なぁに安心したまえ。平和主義者である僕は争わない事に命をも賭している。その為なら多少漏らす程度は覚悟の上だともッ！」

「あ、そう」

なんかベラベラと捲し立ててくる青年の前で、俺はバタンとトイレの扉を閉める。

……ふぅ、何とか間に合った。

「あ――っ！　酷いぜ少年、まだ人が話している最中だったろ⁉　君はアレか、人でなしなのか⁉」

「ごめんごめん、でも隣も今空いたぞ」

ドア越しに俺たちが言い争ってる間に隣の人が個室から出ていった音が聞こえる。喋るのに夢中になりすぎである。バタバタと慌ただしくトイレに駆け込む音が聞こえてくる。

「おいおいなんて奴だよ君は。よく人の心がないとか言われないかい？　僕が平和主義者じゃなかったらきっとひどい目に遭ってたぜ。これから気を付けた方がいいよ。いやホント」

まだ何か言っているぞ。よく喋る奴だなぁ。

平和主義者とか言ってたが、下手な相手にあんなベラベラ喋っていたら問答無用で殴り飛ばされそうなものだが……まぁでも不思議と話を聞いてしまったな。なんというか、妙な雰囲気がある男である。

「ん？」

握り込んだ手の中に違和感を覚える。

手を開くと、そこにはさっき青年が渡そうとした銅貨が握られていた。

バカな。拒否したはずなのに、いつの間に……？


「……ま、どうでもいっか」

空間転移にて銅貨を隣の青年のポケットに返しておく。


「おっと、そんなことより早く出ないと」

目的を忘れる所だったぞ。

俺はさっさと手を洗い、トイレから駆け出るのだった。

「ロイド様、こちらにいらっしゃいましたか」

「げ……」

結局護衛がトイレに来ることはなく、俺を探しに来たシルファに捕まってしまった。

手を引かれながら控え室に戻っている。

「よくよく考えると一番近いトイレがここだと分からなかった可能性もありやすぜ」

「彼らにとっては見慣れぬ場所ですし、きっと他のトイレに行ってしまったのでしょう」

グリモとジリエルの言う通り、一番近いここへ来ると思い込んでいたがそうとも限らないか。

むぅ、我ながら迂闊(うかつ)だった。

「仕方ない。演奏が終われば会えるという話だし、それまで我慢するとしよう」

あわよくば、くらいの気持ちだったからな。

今すぐ会えなくても別に問題はない。

「ロイド様、そろそろ時間がありません。お身体失礼してもよろしいでしょうか？」

「頼むシルファ」

頷くとシルファは俺を抱えて速度を上げる。

道行く人を壁走りで避けながら、あっという間に控え室に戻ってきた。

「ったくロイドったら、ちょっと目を離すとすぐいなくなっちゃうんだから。トイレならトイレって言いなさいな」

「あはは……まぁ私たちが集中していたのも悪かったですけどね。お恥ずかしながら全然気づきませんでしたし……」

「二人共、ごめんなさい」

「まぁいいわ。それよりもうすぐ開演よ。急いで舞台に行かないと」

「練習の成果を全て出し切りましょう！　大丈夫、ロイド君なら出来ますよ！」

……って言われても俺は全く練習はしてないんだけどな。

多少の罪悪感を感じつつ、俺はステージへ向かうのだった。

◆

「いやー、参った参った。漏れるかと思ったぜ」

トイレから戻ってきた青年が安堵の息を吐く。

「やっと戻ったか」

白い衣を纏った男が鬱陶しそうに言う。

「しかし俺を人間どもの真ん中に置き去りにするとは、いい根性をしているなお前。俺が大暴れするとは思わんのか？」

くっくっと笑みを浮かべる白衣の男。

だが青年は首を横に振った。

「一応、信用しているからね。君は目的の為に我慢ができる奴だってさ。……ていうかできないでしょ？　そう『縛った』からね」

「……ふん」

つまらなそうに舌打ちをする男。

青年はポケットの銅貨を手のひらに載せ、宙に弾く。

それは落ちてくることなく、虚空に消えた。

「……それにもうすぐ面白いことが起きる気がするんだ。もしかしたら君の悲願も叶うかもしれないぜ？」

「ほう……？」

男はフードの下で興味深げに笑いながら、長く伸びた前髪を持ち上げるのだった。

◆

「おおー、すごい数の人がいるぞ」

ステージの袖から客席を見ると、大勢の客が今か今かと始まるのを待ち侘びている。

「シンフォニー・ホールの全指定席、あっという間に売り切れたそうですよ」

「急遽の立ち見席を一万席追加したけど、そっちも瞬殺だって。いやーそんなスゴい演奏をこんな間近で聞けるなんて、ホント役得だよ」

「まぁ私はどのような状況におかれようとも、ロイド様の歌を聞き逃しはしませんが」

シルファとレンは随分演奏を楽しみにしているが、もう一人のメイドであるコニーは浮かぬ顔をしていた。

「どうかしたのか？　コニー」

「……えぇとその、私はどうもしないんだけど、ベアルがね」

コニーは自分と語らうように胸に手を当て、目を閉じる。

「……あれからずっと出てこないんだけど、今日は特に様子がおかしいのよ。ここに来てからずっと胸がざわつくっていうか、ベアルが殺気立ってるような……？」

「そういえばあいつ、聖王のことを随分嫌っていたな」

それで聞こうとしたら拗(す)ねて引っ込んだのだ。

いきなり客席に向かって攻撃とかしやしないだろうか。こんな所でベアルに暴れられたら大惨事だぞ。

……いや、でも聖王と魔王(ベアル)のバトルは是非見てみたいなぁ。いや、流石に止めるつもりだが。

ただ止め方によっては続きを見ることもできるかも……うーん、中々面白そうだ。ワクワクしてきたぞ。

「一体何をニヤニヤしてるんですかねぇこの人は……」

「ロイド様、そろそろ出番のようですよ」

「っと。そうだったな」

そうこうしている内に俺たちの出番が訪れたようだ。ともあれまずは演奏を成功させなければ。

ステージに上がるなり、大歓声が浴びせられる。

今更だけどすごい人だな。もしかしなくてもこれ、かなり目立ってるんじゃあ……ま、みんなサリアとイーシャを見に来たようなものだろうし、俺が注目されることはないか。

「ロイド、ぼけっとしない」

「はい、サリア姉さん」

「いきますよ。さん、に、いち――♪」


――音が、広がる。

サリアの演奏が、イーシャの歌声が、そして俺のコピー声が会場中にとめどなく。

観客たちは音が届いたその瞬間から涙を流し、嗚咽(おえつ)する者も多くいる。

「おおっ、ここにきて最高のパフォーマンスとは……しかもそのクオリティは毎秒ごとに更新されてやがる。ロイド様の声も二人に引っ張られどんどん上がっていくようですぜ！

「ふぐっ……もはや涙しかありません……この世のものとは思えぬ音、なんと神々しいことか……涙が、涙が止まりません……！」

……つーか俺まで、泣けてきやがった

グリモとジリエルも大いに感動しているようだ。

レンもとめどなく零れ落ちる涙をぬぐい、シルファなんか立ったまま気絶している。

——だが聖王一団だけが微動だにしていない。

フードで隠れて目元はよく視えないが、大した関心はなさそうに見える。

サリアとイーシャもそれに気づいてカチンと来たのか、対抗するように更に音量を上げていく。

うお、何という激しくも美しい旋律だろうか。コピーもおぼつかなくなってきたぞ。

あぁもう、俺まで頑張らなきゃいけないじゃないか。制御魔術に注力し過ぎるとあまり周りが見えなくなるんだけどなぁ。

——♪

それでもやはり護衛は無表情のままだ。退屈そうにあくびを噛み殺している。

……しかし顔は良く見えないがあの特徴がなさ過ぎて逆に特徴的なあの佇まい、どこかで見たような——

そんなことを考えていた時である。

舞台袖の方から強い魔力の波動を感じた。コニー――いや、その中のベアルだ。

コニーを包むその黒い魔力には凶悪な貌が浮かんでおり、周囲を包み込んでいく。

これは魔軍四天王が使っていた特殊結界。

空間の裏側に結界を生み出し、内部は術者と中にいることを許可された数名を除いては認識すらできなくなる閉鎖空間なのである。

まさかベアルの奴、ここで聖王と戦うつもりなのか。

一瞬止めようとするも、二人の戦いを見たいという欲求が上回り手が止まる。ああっ、自分の好奇心が憎い。

「なんでそんな笑ってるんですかロイド様ぁ⁉」

「結界が完成しますよ！」

ぱきぃぃぃん、と音がして結界が展開される。

あーあ、気持ちの上では止めようとしたんだけどなぁ。……本当だ。一応。

空間内にはベアルと聖王一団、そして結界の生成に無理やり割り込んだ俺のみが残されていた。

「む、何故入ってきたのだロイド。折角、邪魔が入らぬよう空間を切除したというのに

「……」

黒装のコニー――ベアルが声をかけてくる。

「まぁその、気になってさ」

「我の身を案じているのか？　……ふん、舐められたものだな。我が力は貴様もよく知っているだろう」

心配されていると思ったのか照れ臭そうにしているベアル。

「いや、ロイド様は戦いが気になっていただけな気が……」

「しかもどちらかというと聖王の方を……」

グリモとジリエルが何やらゴニョゴニョ言っているが、それよりもだ。

「おやおや、君はあの時の少年じゃあないか。奇遇だねぇ」

聖王――その横にいた護衛が声を上げる。

フードを取ったその顔は、先刻トイレで会った青年だった。

ベアルは彼を見上げると、くぐもった笑みを漏らす。

「……成程、貴様が今代の聖王か」

その言葉でようやく察する。

彼が聖王、恐らく座っていたのはその身代わりだろう。

「その白フードたちの下は魔力人形か何かか？」

「まぁそんなトコ。僕はあまり友達がいなくてね」

パチン、と指を弾くと周囲の白服の中身が消滅。ぱさり、と布だけが地面に落ちた。

「サルーム第七王子、ロイド＝ディ＝サルーム。やっぱり君がそうだったか。いやだねぇホント。気が乗らないよ」

そんな状況でも笑いながら俺に話しかけてくる聖王。無視されたベアルは顔を引きつらせている。

「くくく……何十代目かは知らんがそのトボけた性格は変わらんようだなァ……！」

隣に立っているだけでビリビリ来る魔力の奔流。ベアルは相当殺気立っているようだ。

しかしそれを正面から受けてなお、聖王は余裕たっぷりの顔で顎に手を当て首を傾げる。

「えぇと、君の方は誰だっけか……僕が君みたいな可愛いメガネちゃんを忘れるはずがないんだけどなぁ……あ、もしかして小さい頃一緒に遊んだ幼馴染とか？　はたまた僕のファン？」

「器しか目に入らぬ、とでも言いたいのか？　中々煽ってくれるではないか……！」

怒り心頭といった感じでベアルは吠える。

「よかろう、冥途の土産に教えてやる。我はベアル！　かつて貴様の先祖と戦った魔王と呼ばれる存在よッ！」

「魔王――」

聖王はベアルの言葉を聞くと、一瞬目を丸くした。

「あ、君がそうだったの？　てっきりロイド君の方かと……」

「違うわっ！」

思わずズッコケてしまう。

よもや勘違いされていたとは思わなかったぞ。

「まぁ仕方ねぇですな。ロイド様の方が禍々しい魔力放ってる時ありやすし」

「しかもベアルは普段コニーの中に隠れている。どちらがそう見えるかと言えば、まぁロイド様の方でしょう」

グリモとジリエルもツッコミを入れてくるが、いくら何でも普通の魔術好きの子供である俺と魔王を間違えるなんて酷いだろう。

した。

「そうか……あぁそうなのかい」

ポツリ、と呟く聖王。

ゆっくりと目を細めると、今まで全く見せていなかった冷たい雰囲気が彼に宿った気がした。

「なるほど君が魔王か。かつての聖王との戦いで力尽きて消えたとか伝え聞いているよ」

「あれはマグレだ。次は我が勝つ！」

自信満々に言い放つベアルに聖王は静かに言葉を返す。

「手間が省けて嬉しいね。僕がここに来たのは君を無力化する為なのだから」

ずっと疑問ではあった。

何故外に出ることすら稀な聖王が、わざわざこんな遠くにあるサルームを訪れたのかと。

しかしタイミングを考えれば、復活した魔王をどうにかしようと考えていたのは明白。

教会は魔を祓う組織、魔の王たるベアルに何の対抗措置も取らないはずがない。

その言葉にベアルはむしろ上等とばかりに歪んだ笑みを浮かべている。

「ではかかってくるがいい。言っておくがかつての我とは思わぬことだな。貴様に復讐する機会をずっと待ち続けて力を蓄えてきたのだ。——以前のように不覚は取らぬ、ギタギタにすり潰してくれるわ！」

咆哮と共にベアルの全身が黒く輝く。直後、無数の黒光の柱が天から注いだ。

あれはベアルの魔王光獄柱だな。一点集中させた魔力撃である。

「おいおい、ロイド様の障壁でも集中させてようやく防げるようなのを遠慮なくぶっ放してやすぜ」

「ちょ、ロイド様！　彼は一応聖王ですよ。流石に殺さない方がいいのでは……」

「ふはッ！　ふはははははは――――ッ！」

うーむ、ベアルは止めて聞くような奴じゃないからなぁ。

それに変だ。あれだけの攻撃を受け続けながらも光の向こうに見える聖王は平気な顔をしている。

というか防いですらいない……？　攻撃の方が避けているようにすら見える。

「あー」

異様な空間の中、聖王が口を開いた。

「やる気満々なところ悪いけど、平和主義者である僕からの言葉は一つだ。――僕は戦わない」

瞬間、力が溢れる。

「ぐ……お……ッ⁉」

周囲に衝撃が走る。奇妙な圧力は攻撃を加えようとしていたベアルの動きを停止させた。

「ぬ……ぐぐ……ぅ……っ⁉　な、なんという力！　かつての聖王の数倍！　だが、こちらも長い年月、寝ぼけていたわけではない……ぞ……！　はぁぁぁぁ……！」

血管を浮かせながらも動こうとしているベアルだが、それでも指一本すら動かせないようで小刻みに震わせている。

「な、何だぁ？　聖王の奴が何か呟いたと思ったら、ベアルの動きが止まっちまったぜ⁉」

「魔王の動きを止めるとは……尋常ではありませんよ。いったい何が起きているのでしょうか……」

不思議な力だ。聖王から発せられる妙な波動に触れると心がざわざわする。

精神系統に近い気もするが、少なくとも通常の魔術ではないな。

「へぇ、僕の『声』をまともに受けてまだ戦意を失わないとは大したものだ」

言葉、そう。言葉にそのまま魔力が乗っているような感じだ。

……いや違うな。言葉そのものを術式化しているのか？　天界の魔術言語にてプロテクトがかかっており、その上やたらと複雑で俺でも読み解くのは難しそうだ。

「しかし何度向かって来ようと無意味だぜ。だって僕に君と戦う気はないのだから――」

言いかけた瞬間、聖王の頬に赤い筋が走る。

直後、後方の客席が大きく吹き飛ぶ。

ベアルが何とか持ち上げている指先からは白い煙が立ち昇っている。凝縮した魔力閃を発したのだ。

「く、くく……貴様にその気がなかろうと、我はとっくの昔からその気なのだ。嫌が応でも戦ってもらうぞ……！」

まだベアルは折れてない。

戦意満々に気炎を吐きつつ歩み寄るのを見て、聖王はつまらなそうにため息を返す。

「うーん、呆れた気力と根性だ。魔王ならもっとらしくしたらどうだい？　ここは引いて闇討ちするとか、人質の一つも取ってみるとか、わざわざ力業に頼らずともやり方は色々あると思うんだけどな」

「下らんな……貴様のような強者との戦いこそ我の望むところ……正面からの力比べ以外興味はないのだ！　悪いが半端で終わらせるつもりはないぞ……！　ロイド、お前も手は出すなよ」

「はいはい、わかってるって」

俺だってその気はない。二人の戦いを見るためにわざわざ乱入したんだからな。

これだけ盛り上がっているのに水を差す理由がない。

さて、次は何をするのやら。注目しつつも長引きそうなので客席の椅子に座る。

「ロイド様、ポップコーン用意しましたぜ」

「ロイド様、コーラの用意もありますよ」

「ありがとう」

そんなこんなでリラックスしながらの観戦だ。

さてさて、二人とも面白い戦いを見せてくれよ。俺の魔術の為にな。

「やれやれ、普通にやっても倒せなそうだね。なら――ストラディ・ヴァリアス」

聖王が呟くと同時に眩い光がその身を包む。

この感覚――光武か。

気づけばその手には一挺のバイオリンが握られていた。

「あ、あれは伝説の名匠ヴァリアス氏が作り上げたバイオリンではありませんかっ！　百年の年月により熟成された木が生み出す音色は人間界の至宝、まさしく名器！　それがストラディ・ヴァリアスなのですよっ！　しかもあれは過去最高価格十四億G＄で落札されたモデル・オデッセイ。そういえば聖王庁が落札していましたが、まさか聖王が持っていたとは……」

すごいベラベラ語り始めるジリエル。

どうやらあの楽器、余程珍しいらしい。

「いや詳しすぎだろクソ天使……」

「馬鹿者！　すっごく有名なのだぞバカ魔人め！　ね、ロイド様！」

……って言われても全然知らないわけだが。

それより気になるのは今、どうやって出していたかだ。

何もない空間にいきなり現れた楽器……光武で作り出したというわけでもなさそうだけど、あれも聖王の能力だろうか。

だがその割には聖王が何かした感じはなかったし……さっきから色々妙だよな。

「ハッ、そんなものでなにをするつもりだ？」

警戒する俺とは真逆にベアルは聖王を鼻で笑う。

確かにどんな逸品だか知らないが、あんな楽器でベアルの暴力に対抗できるとは思えないが……

「うおおおおおっ！」

突っ込んでいくベアルに応じるように、聖王はバイオリンを弾き始めた。

――♪

音が響いたその瞬間、俺の背筋がぶわっと粟立つ。

演奏の腕前はサリアに勝るとも劣らないレベル。

……だが、同時にすごく嫌な感じもした。まるで魂を直接撫でられたような感覚。さっき聖王が使っていた『言葉』を数十倍に引き上げたような――

「ぐ、おおお……」

「あ、あがが……」

「グリモ？　ジリエル⁉」

いつの間にか二人は床に落ち、泡を吹いていた。

今の攻撃（?）の影響だろうか。一応命に別状はなさそうだが、まともに動けないようだ。

「す、すみません……ロイド様……！」

「この曲……力が奪われるようです……！」

ふむ、これが聖王の真価、というわけか。

俺すらもかなりの行動阻害をされている。

「チィ……魔曲か……！」

ベアルが憎々しげに漏らす。

——魔曲とは、代々聖王に伝えられる技で特殊な術式を曲に束ねることで魔術と似たような効果を得るものだ。

理屈としては呪文束に近く、こちらが効率化を突き詰めて大量の呪文を■（ひとかたまり）に押し込めるのに対し、魔曲はどちらかというと演舞の要素が強いとか。つまりは儀式系魔術の類いだな。

奏でる曲が様々な音響効果を生み出すことで、より強く心に訴えかけることが可能なのである。……と、前教皇であるギタンが言ってた。

聖王の声も結局は『音』。楽器こそ使わないとはいえ、魔曲の一端と考えるべきだろう。

「……驚いた。まだ喋れるのか。この『へいわのうた』は僕が作詞作曲したものでね。ひとたび聴けば戦う気なんて毛ほども起きなくなる。戦意の塊である魔王が聴いちゃひとたまりもないはずなのにさ。今代の魔王は強いという話だったけど、驚いたよ」

「ぐ、おおおお……ッ！」

全身を震わせるベアルだが、指一本動かせないようだ。

魔力体である魔族に魔術は効かないが、気術などその身体に直接作用する攻撃には無敵ではない。

しかも聖王の奏でる魔曲は魔力体そのものを揺さぶっているように見える。まさに効果はてきめんといったところか。

「っと、そんなこと言ってる場合じゃないな」

面倒を見ると言ったんだ。このままベアルを倒させるわけにはいかない。

聖王がとどめを刺す前に風系統魔術による音波結界を発動させる。

これは空気を振動させることで音を遮断する結界、これで聖王の演奏を遮断しようとしているのだ。

儀式系の魔術は儀式そのものをキャンセルすれば術式そのものも不発となる。そう考えたのだが――

「……？　変だな。発動しない……？」

術式は発動させたはず。にもかかわらず聖王の奏でる音は止まらない。

何かが邪魔をしているのだ。相殺を仕掛けてくる術式の出所へと視線を向ける――

「ようやく気づいたか。相変わらずトボけた奴だ」

虚空から聞こえてくる声、同時に溶けた闇の中から長身の男が姿を現す。

貫くような鋭い目付き、細身だが筋肉質の身体、長い黒髪を風に靡かせながら俺を見下ろすその人物に、グリモとジリエルが目を見開く。

「馬鹿な……テメェは……死んだはずだろ……！」

「こ、こいつはもしやレンたんに聞いていた、あの……？」

「ギムザル……！」

ずっこける男とドン引きする二人。……あれ？　違ったっけ。

男はヨロヨロ起き上がると、俺を正面に見据えて言う。

「ギ・ザ・ル・ムだ！　……相変わらずムカつくクソガキだぜ」

そうそう、そんな名前だったかも。

――ギザルム。以前、ジェイドの身体を乗っ取った魔族だ。

結構強かったが俺の『虚空』にて消し炭にしたはずである。それが何故こんなところに
……？

恐らく聖王の力なのだろうが……

「いやぁ助かったよギザルム。君がいなかったら危なかったかもね」

「……チッ、このガキ前より更に力を増してやがる……！　おい！　くっちゃべってる余裕はないぞ！」

「わかってるよ、もう終わる――――！」

「ぐがァァあっ⁉」

――♪　聖王は目を閉じ、演奏に集中していく。響き渡る音が次第に力を増し、力強く響き始めた。

コニーを覆っていた黒い魔力、ベアルの身体が徐々に剝がれて消えていく。

仕方ない、ここは一旦引くしかないか。

「悪いけど、今日のところは引かせて貰うよ」

「ははは、何を言うかと思えば。そう易々と逃げられると――」

言いかけて、聖王の動きが止まる。

大量の魔力を生み出し、周囲に展開させたのだ。

ベアルの構築したこの結界は異常な硬度を誇るが、その構造自体は単純至極。

術者が意識を失った今なら力ずくでの破壊が可能である。

「なんとまぁ……呆れる程の魔力の奔流だね。まるで世界の果てに存在する滝を思わせる力強さだ。これが噂の第七王子……聖王庁でも要注意人物と言われているだけはある。僕の力はあくまで対魔族用、人相手には効果が薄いし、なにより僕は平和主義者。これ以上続けるのは望むところではないよ」

「チィ……あの時よりも更に凄まじい魔力を放ってやがる……！　それだけじゃない、術式の緻密さも比較にならん。クソったれ……気に入らん。俺は魔界の貴族、ギザルム様だぞ⁉　……まぁいい、俺の目的さえ果たせばこんな奴は敵ではない。今はまだ、生かしておいてやる……！」

聖王とギザルムが何やらブツブツ呟いているが、俺としてはベアルが心配でそれどころではない。

意識がないし、なんかピクピク痙攣(けいれん)している。

魔曲を体感するのは次の機会で我慢するか。

残念無念、俺は後ろ髪を引かれながらも結界に大量の魔力をぶち込んだ。

ごぉ、と爆音が響き渡り結界に大きなヒビが生まれる。


「またな」


——ぱぁん！　と爆(は)ぜるような音がして結界は崩れ落ち、普段の景色に戻っていく。

会場に戻れば沢山の人が、わぁぁぁぁぁぁ！　と大歓声を上げていた。

そういえば演奏中だったたっけ。聖王も戻ってきたようで、フードを被り直している。

その表情はあくまで平常、穏やかな笑みを浮かべたまま拍手を送るのだった。

◇

ざぁざぁと雨が降っていた。

あの後、聖王たちはどこぞへと消えてしまった。

視察が終わったから帰ったとのことだが、目的を達したからもう用はない、といったところだろうか。

事実、あの戦いの後、ベアルは外に出てくることさえ出来なくなっていた。

「調子はどうだ？　コニー」

ベッドで横たわるコニーに尋ねる。

「……大丈夫、とは言えないかな」

コニーは呼吸を整えながら言葉を返す。

ベアルが力を失った影響でコニーも随分弱っているようだ。

「身体の奥がチクチクしてる。神経痛みたいな。死ぬほど痛いわけじゃないけど地味ーにキツい」

「コニーは魂の器というべきものがベアルと共用になっているからな。あいつが傷ついた分がそのまま負担になっているんだろう。気休めにしかならないだろうが、治癒魔術をかけておこう」

と言っても痛みを和らげるくらいしか出来ないけどな。

それでも光を浴びたコニーは顔色が良くなっているようだ。

「ありがと。楽になったよ」

「無理は禁物だぞ。根本的な解決にはなってないんだから」

ベアルが元に戻らねば、コニーもどうなるかわからないし、万一に備えてメイドの仕事も休ませている。

何にせよ体力は大事だからな。

「……優しいねロイドは。ベアルが勝手に暴れただけなのにさ」

「ま、あいつの暴走はよくあることだしな」

そりゃあもう、二人共俺の大切(研究対象)な仲間なのだ。早く良くなってくれないと困るからな。

グリモとジリエルが白い目を向けてくるが無視だ。

「でもあそこで逃げられてよかったな。あのままバトルに入ってたら正直言って危なかったぞ」

「向こうも消耗してやしたからね。それよりギザルムの奴が復活してたのが気になりやすぜ！」

「かつてロイド様が倒した魔族、でしたか。聖王の能力により復活したのでしょうが……」

「あぁ、ベアルをここまで追い込み、消滅した魔族(ギザルム)すらも蘇らせるとは相当実現範囲の広い術と思った方がいいかもな」

通常、魔術というのは細かな術式をもって様々な事象を顕現させる術だ。

しかしそうして起こせるのは簡単な物理現象がせいぜいで、先刻のギザルムのように自律的な行動、喋り、さらに戦闘力のある傀儡(くぐつ)を魔術で再現するのは不可能だ。

多くの術式を複合させてそれっぽいことをさせるのがせいぜいなのである。

「簡単な現象って……人間を魔力で操ったり空間捻じ曲げたりしてやすけどね……」

「ロイド様にとっては簡単なことなのだろう。消滅した魔族を復活させることは流石に理に反しすぎている」

一体どういう仕組みなのか非常に興味を惹かれるが、今はベアルの回復が最優先だ。

弱りきった今のベアルではいつやられてもおかしくない。

一応結界で守ってはいるが、魔曲についてはまだまだ分からないことも多いし、用心に越したことはないだろう。

「しかしあの野郎、魔王であるベアルをもあっさり倒しちまうとは……とんでもねぇよな」

「魔王の力は神に匹敵するとすら言われております。ということはかの聖王の強さは神をも凌ぐ……？」

「いいや。ベアルが言ってた通り、あいつに単純な強さはないよ。魔力自体は低いし、戦闘時の動きにも特筆すべきものは感じられなかった。警戒するのは魔曲のみ、だな」

とはいえそれがすごいのだが。

呪文束が呪文を圧縮するのに対し、魔曲は音そのものに魔力を乗せることで大量の情報を与えられる。

　術式の量は魔術で起こせる現象の幅に直結する。加えて魔曲は魔術とは違うアプローチなのでそれが効きづらい魔族相手にも効果は抜群というわけだ。

　連れているのがギザルム一体な辺りそれなりに制限はあるのだろうが、魔族相手にはかなり融通が利く術と考えるべきだろう。

　教会の有する神聖魔術は音楽を媒体として天界の力を借りて人を癒やし、魔を祓う技。その頂点に立つ聖王にふさわしい力というところか。


「魔曲、ね……ふふ、ワクワクさせてくれるじゃないか」

　呪言と少し似ているが、効果と威力が違い過ぎる。

　恐らくリズムや音程、曲調などを術式のように解釈することで、より大きな効果を得ているのだろう。

　他にも秘密はありそうだが、あれだけじゃ詳しくはわからない。うーん、また会いたいな。


「ワクワクしてる場合じゃねーですよロイド様。かなーり離れていた俺たちですら昏倒させる威力！　次まともに喰らったらどうなるか分かったもんじゃねぇですぜ！」

「そうです！　ロイド様とてあの時はかなり力を封じられていたのですから。ベアルはよくぞ生きてたというべきでしょう。そもそもベアルは今、どういう状態なのです？」

「コニーの中で小さくなっているよ。殻に籠もるようにね」

魔力体はほぼ消し去られ、残っているのはベアルの核部分のみだ。

それもじわじわ弱っており、放っておくと危ないだろう。

「むぅ、ただでさえ魔力体には通常の回復魔術は効果がねぇですからね」

「えぇ、丈夫ではありますが、それはあくまで膨大な魔力に支えられてのもの。これだけ魔力を失えば自然回復は望めないでしょう」

二人の言う通り、魔力体は魔力を注ぐことで回復する。

とはいえそれはあくまでも荒療治。周囲の魔力を剝ぎ取られ、核だけとなってしまうとより繊細な作業が必要となり、外から力を貸すのは難しくなる。

しかもそれが膨大な魔力を持つベアルなら尚更だ。普通なら自力で回復するのを待つしかないが……

「手はある――音楽には音楽だ」

聖王の魔曲を観察したことで、多少ではあるがその理屈がわかった。

故にあの魔曲と反対の性質――つまり回復効果を持つ魔曲も今なら使えるだろう。

治癒系統魔術を分解、術式化して曲に組み直せばいいのだ。えーと、ここをこうしてああして……よし、できた。

「では早速。——♪」

　即興で作り上げた曲を俺は歌う。

　それを聞いたグリモとジリエルは身体を震わせている。

「おお……何という心揺さぶる声……身体の奥底から力が漲ってくるようですぜ！」

「天使である私にも効いております！　聖王から受けた傷が癒えていくようだ……」

　ふむ、予想通り魔力体への回復効果も得られているようだな。

　ベアルの方も少しは安定し始めたようだ。

　一応効果アリってところか。俺はしばし歌った後、それを止める。

「あれ？　やめちまうんですかいロイド様」

「うん、効果があるのはわかったが、俺の歌じゃ回復には相当時間がかかりそうだからな」

　窮地は脱したとはいえ、ベアルの魔力は膨大だ。

　完全回復するまでには、この感じだと数ヵ月はかかるだろう。俺も暇じゃないし、現実的な方法ではない。

「それよりイーシャたちに歌わせた方が効率的だろう」

歌一本で現教皇に成り上がった彼女の歌声は俺でさえ感じ入る程の凄味を持つ。

俺がより完成度を上げた曲を作り、イーシャに歌わせ、サリアの演奏も加える。

この方がより効果は増すはずだ。これぞ適材適所である。うんうん。

「なるほど、あのお二人ならロイド様の作った曲をより高みに押し上げてくれるでしょう。素晴らしいアイデアですぜ！」

「えぇ、えぇそうですとも！　あれだけでも素晴らしかった曲をイーシャたんとサリアたんが演奏する……あぁ！　想像しただけで涙が出てきます……！」

「お前……相変わらずキモいなぁ……」

涙を流すジリエルにドン引きするグリモ。

何かと俺を音楽に関わらせようとするあの二人なら喜んで引き受けてくれるだろう。

そしてこの魔曲、上手く調整すれば回復だけでなく、他の効果を得ることも可能である。

これをちゃんと理解すれば、魔術にも応用出来そうだ。うーん、ワクワクしてきたぞ。

「ともかく善は急げだ。じゃあなコニー、ゆっくり寝てろよ！」

「あ、はい。いってらっしゃい」

俺は浮き足立ちながらも教会へ足を向けるのだった。

◇

訪れたのは教会の本部。巨大な敷地内では多くの信者たちが熱心に祈りを捧げている。

前に来たのはギタンと戦った時か。そう思うと結構久しぶりである。

「そういえばイーシャが教皇になって、初めて来たなぁ」

「たまには足を運んであげやしょうぜ。いつも向こうから来てばかりじゃねぇですか」

「ロイド様は興味ないことは基本的に放置ですからねぇ。私は時々覗きに行っておりましたが！」

用事がないのに行っても仕方ないしな。

イーシャは神聖魔術にはあまり詳しくないし、情報を得るにはギタンの方が役に立つ。

だから俺自身はここを訪れる理由がないんだよなぁ。でも世話になっているし、たまには顔を出した方がいいのかもしれない。

だけどイーシャってすぐ俺に抱きついてくるから面倒なんだよな。

そうこうしている間に教皇の部屋に辿り着く。

「入るよ」

扉を開けて声をかけると、奥の長椅子にイーシャが座っていた。

おお、いるいる。俺に気づいたのか微笑を浮かべ手を振ってくる。

「……なんか様子がおかしいですな。いつもなら顔を見せれば駆け寄って来るのによ」

「ええ、そのまま抱き寄せ、豊満な胸で包み込んでくれますのに……」

確かに変だ。何故喋らないのだろう。

疑問に思っていると手招きしてきた。

「イーシャ？」

「……すみません、声が出なくって。けほっけほっ」

弱々しい声で申し訳なさそうに言う。声は掠れて辛そうだ。

「実は先日、聖王様の前で歌ったことで喉を傷めてしまいまして……けほっ」

そういえばあの時、イーシャの歌声は普段の何倍ものパフォーマンスを生み出していた。声が嗄れてもおかしくはないか。

「あーその……大丈夫?」

「体調に問題はありませんが……歌えないのは辛いですね」

イーシャはそう呟いて重いため息を吐く。

「彼女、何かあるたびに歌ってやしたからね。歌えないことそれ自体がストレスなんでしょうぜ」

「あぁ何と可哀想なイーシャたんっ！　ロイド様、どうにかしてあげられないのでしょうか⁉」

言われるまでもなくどうにかするつもりだ。

そもそもここに来たのもイーシャの歌が目当てだからな。

とはいえ大っぴらに魔術で治すと目立つからこっそりと……イーシャの喉に触れ、治癒魔術を発動させようとしたその時である。

「出来たぞ、イーシャ」

扉を開けて入ってきたのはバビロンたち、ロードストの面々だ。

俺を見つけると、全員驚いたように目を丸くする。

「おや、これはロイド様、一体どうしたんですか?」

「イーシャに用があったんだが……お前らこそどうしたんだ？」

「彼女が喉を傷めたと聞きまして」

よく見れば全員、エプロン姿だ。ガリレアの押すワゴンの上には沢山の料理が載っている。

「バビロンに、イーシャが喉傷めたと聞いて、飛んできた」

「クロウが呪言の使い過ぎで喉を傷めた時はよく料理を作ったものよ。言っとくけどよく効くわよ～？」

クロウとタリアの言葉に、バビロンは照れくさそうに頬を掻(か)く。

「というわけです。食べてくれイーシャ」

「～～っ！」

イーシャは彼らに駆け寄ると、その手を取って目を潤ませた。

何度も頭を下げ、嗄れた声で礼を言っている。

「よろしければロイド様も如何でしょうか？」

「折角だし頂くとしよう」

丁度腹が減ってたところである。甘い物もあるみたいだし、ついでに貰うとするかな。

「ハチミツのパンケーキに桃たっぷりのゼリー、生姜(しょうが)紅茶にプリンですかい。喉に良さそうなものがてんこもりですな」

「おおっ！　イーシャたんの目が釘付けに！　口からも唾液が垂れ落ちていますよ！」

「うん、すごく美味そうだ」

俺もまた甘い物には目がないからな。別に喉は傷めてないが、ここは彼らの言葉に甘えるとするか。

そうしてティータイムを楽しむことしばし。


「治りました――っ♪」

両手を上げて歌い始めるイーシャ。

無理をしている様子はなく、普段通りの歌声である。

「皆さんのおかげです。本当にありがとうございます」

「あ、あぁ……だがまだ無理はしない方がいいぞ」

「はいっ！」

イーシャに両手を握られ、困惑気味に答えるバビロン。

イーシャはよほど嬉しいのか自然にメロディを口ずさんでいる。

どうやら完全に回復したようだ。よかったよかった。

「ってかロイド様の治癒魔術のおかげですよね⁉」

「如何に喉に効くとはいえ、あんな一瞬で治るはずがありません。ロードストの者たちも疑っていますし！」

見ればイーシャを除く全員が俺に訝しむような視線を送っている。

やれやれ、せっかく花を持たせてやったのに。勘のいい奴らである。

「バビロンさんたちのおかげですっ！」

そんな皆とは反対に眩しい笑顔のイーシャ。

疑うことすら考えない、素晴らしい純粋さだ。

全く、この純粋さを見習って欲しいものである。

◇

というわけで改めてイーシャの協力を得た俺は、楽曲作りに励むことにした。

どうせなら二人の演奏を最大限に引き出せる曲にするつもりだ。妥協するつもりはない。

だが悲しいかな。部屋に転がっていたミニピアノを使って作った曲を弾いてみるが、中々納得いくようなものが出来ずにいたのである。

「いやいや、十分過ぎますぜロイド様。旋律の端々からでも読み取れる美しいメロディ！　そこから感じ取れる完成度の高さ！　目を閉じれば荘厳な演奏が流れてきやがるようだ」

「ええ、効果の方も十分かと。しかしロイド様に楽曲作りの才能があるとは驚きました。魔術にしか興味はないものと思っておりましたが」

「まぁ俺的には曲を作ってるつもりはないからな」

術式を紡いでいるというのが最も近い表現だろうか。

魔族を回復させる効果を得られるように魔術言語を紡いでいたら、結果的に曲になっているだけである。

——美しさは万物共通。

術式だろうが言葉だろうが魔術言語だろうが、真に素晴らしいものは全てに通じているものだ。

「そりゃ幾らなんでも極端……と言いてぇところですが、実際出来てるんだから何も言えねぇっすな……」

「海を隔てた異国同士で、互いを全く知らない民族が作った楽曲がとても似ていた、という話もあります。言語が違う程度はロイド様にとっては何の障害でもないのでしょう」

感心されているが、ただの偶然である。そもそも俺からすると歌である必要すらないからな。

ただ結果的にそれっぽいものが出来ただけだ。


「んー、しかし難しい……」

弾けば弾く程わかる。この曲にはまだまだ『先』がある。

そこを埋められないことに何とも言えない歯痒さを感じるのだ。

やはり音楽に興味がない俺にはこの辺りが限界なのかもしれない。


「ロイド」

そんなことを考えていた時である。部屋の扉が開いてサリアが姿を現した。

「さ、サリア姉さん……一体どうしたんです？」

「曲を作ってるみたいね」

「えぇと……はい」

「そう」

サリアはつかつかと歩み寄ると、ベッドの上に腰かけ脚を組んだ。

「弾いてみなさい」

「でもまだ未完成で……」

「いいから」

「は、はぁ……」

有無を言わさぬ強い口調に押され、俺はしぶしぶ演奏を始める。


「――♪　♪　♪」


たどたどしくメロディを紡いでいく。

いつもは制御系統魔術でサリアの動きをコピーしているが、これは曲が俺のオリジナルなので自分でやるしかない。

ある程度は身体が覚えているから何とかなるが、サリアからすれば聴くに堪えないレベルだろう。

演奏を終えた俺を一瞥し、サリアはため息を吐く。

「……拙いわね」

バッサリ切って捨てられるが、そう言われても仕方あるまい。

自分でも完成度が低いと思うしな。


「すみません」

だが謝る俺にサリアは柔らかい笑みを浮かべた。

「でも、よかったわよ。初めてロイドらしさを感じられた気がする」

「俺らしさ……ですか？」

「えぇ、いつも言っていたでしょう？　ロイドの演奏はハイレベルだけどオリジナリティがないと。でも今の曲にはあんたの意思というべきものが感じられた。だから素晴らしかったのよ。——皆もそう思うでしょ？」

サリアの言葉を合図に、更に扉が開く。

そこには涙ぐみながら拍手をするアルベルトが、ディアンが、ゼロフが、アリーゼがいた。

ついでにシルファたちまでいるし。まさかサリアが皆を集めたのか？

「素晴らしい……本当に素晴らしい曲だったぞロイド。最近部屋に籠もり切りでまた魔術の研究をしているのかと思ったが、まさか曲を作ってたとはな……サリアに勝るとも劣らない演奏、感動してしまったよ」

「い、言い過ぎですってアルベルト兄さん……」

幾ら何でも褒め過ぎである。

俺が適当に作った曲がサリアに匹敵とかありえないじゃないか。

慌てて否定すると今度はサリアが口を挟んでくる。


「いいえ、決して言い過ぎなんかじゃないわ。オリジナリティ溢れる曲調、斬新なメロディライン、強烈なインパクト、しかも最後には噛みしめるような余韻が残る——技術はともかく総合点では私の演奏にも勝っているかもね」

「サリア姉さんに勝っていただなんて……幾ら何でも、ねぇ？」

反対意見を求めてちらっとディアンたちの方を見ると、全員がうんうんと頷く。


「あぁ全くだ。サリアの演奏はそりゃすげぇが、ロディ坊のも全然負けてなかったぜ！」

「うむ、どこがどうと言えないのが何とももどかしいが……科学では解明できない素晴らしさというものもあるのだな。吾輩は感動したぞロイド！」

「ええぇぇ、本当に驚いたわ。とてもいい音楽ね……動物たちもそう言ってるもの！」

……ダメだこりゃ。

反対意見どころか全員俺の曲に感動している。

勿論シルファとレンには期待すべくもない。二人共言葉を失い唯々涙を流すのみだ。

「よっしゃあ！　話は聞かせて貰うたで！」

更に、更に扉が開く。

またか。しかもこの特徴的かつテンションの高い声には聞き覚えがある。

出てきたのは第二王女ビルギットだ。

世界を股に掛け飛び回るサルーム……いや、大陸有数の大金持ちだ。

以前俺たちとウィリアム学園に行ったが、帰ってくるのと同時にさっさとどこかへ旅立ってしまったのだが……なんでここにいるんだ？

「ビルギット姉上、帰ってきていたのですか？」

「なんやアルベルト、嫌そうな顔をして。別に取って食ったりはせーへんよ。仕事が一段落したからちっと顔を見に来ただけやないの。……それよりロイド」

くるりとこちらを向き直ると、ビルギットは俺を勢いよく抱き上げる。

「さっきの曲、アンタが作ったんやて？　すごいやんか！　驚いたわ！　皆の言う通り、サリアにも負けてへんよ！」

「あはは……そうですか……？」

「うんうん、ホンマに見事なもんや。そこでウチから提案なんやけど――アンタらで演奏会を開いてみんか？」

全員が目を丸くする中、ビルギットは気にせず続ける。

「歌姫イーシャ、音楽の申し子サリア、そしてここに天才作曲家ロイドが誕生した……これはもう国を挙げての大演奏会を開くしかないやろ！」

うんうんと頷くビルギットだが、皆は冷めた顔で互いに目配せをする。

皆から押し出されるように前に出たアルベルトが申し訳なさそうに言う。

「えぇっと姉上？　実はそれ、先日終わったばかりでして……」

そう、聖王を歓迎する演奏会が開かれたばかりなのである。

あまりにもその、タイミングが悪すぎるのだ。しかしビルギットは構わず胸を張る。

「関係あらへん！　……ちゅーかむしろこれはチャンスやで？　先日の演奏会のおかげで今、サルームは未曾有の音楽ブーム！　興味を持つ者が増えればより盛り上がるっちゅーもんやからな。これを機に叩き込むようにスンゴイ演奏会をぶっ込むんや！　くくく、金の匂いがしてきたで……！」

言われてみれば確かに、最近は街の方からよく音楽が聞こえてくる。

なるほど、裾野が広がれば頂点は高くなる。魔術だけでなく音楽も同じということか。

……ふむ、これは俺にとっても好都合かもしれないな。

「俺は構いませんよ」

というわけで俺はビルギットに賛同する。

魔曲には儀式としての側面がある。参加する人が増えればより効果は高まるだろう。

ベアルの魔力は果てしないし、回復量は高い方がいい。

「私も構わないわ。イーシャも参加するでしょうしね」

サリアの言葉にアルベルトは諦めたようにため息を吐く。

「……はぁ、わかりました。本人たちがその気なら仕方ありません。やりましょうか大演奏会」

「いよっしゃあ！　わかっとるやんアルベルトぉ！」

ガッツポーズをするビルギットにアルベルトは釘を刺す。

「ですがビルギット姉上、似たような催しを続けて行い、しかも失敗すれば主催者としての沽券に関わります。ひいては王家への信用問題にもつながりかねない。相当上手くやる必要がありますよ」

「わかっとるわ。誰にモノ言うとんねん。大船に乗ったつもりでどーんと構えとき！」

「うーん……姉上を疑うわけではないのですが……」

どーん、と胸を叩くが、アルベルトは心配そうな顔だ。

聖王歓迎祭のような大掛かりな催しは金がかかるし、失敗したら大赤字。国としても大きな痛手なのだろう。俺には関係ないけど。

「ったく心配症やな。まー国の舵を取るモンとしてはそのくらいでエエんかもしれんけどな。……しゃーない、ちょっと待っとき」

そう言ってビルギットは机に向かい、さらさらと何か書き始める。

書き終えたものをアルベルトに渡した。

「企画書っちゅーモンや。読んでみ？」

「はぁ、わかりまし――む、むむむっ！　これは……っ！」

突如、くわっと目を見開くアルベルト。

「ロイドたちだけでなく他国の楽団も招いての音楽の祭典⁉　街の各所に様々な楽団を離して配置することで移動を促し、街も活性化。更に他国の楽団のファンも呼び込むことでより多くの集客を見込める。その経済効果は前回の数倍以上……！」

「むぅ、錬金大祭のように一般に開かれた祭りにするのであるな。音楽なら広いスペースが必要となるが、その分メリットを享受できる店も多いというわけか……」

「うおお……いいじゃねぇかよ！　ロディ坊の作った曲は宮廷でやるような大人しい曲じゃねぇしな。野外で演奏ってのも映えそうだ！　くぅう、想像しただけでテンション上がってきたぜ！」

「外なら動物たちも一緒に聴けるわねぇ。とっても楽しそうだわ～」

　横で覗き見ていたディアンたちも一気に乗り気になっている。

「名付けて聖王歓迎後夜祭、サルーム野外ライブフェスや！　盛り上げたるでー！」

　野外での演奏か。以前大暴走(スタンピード)の際に兵たちを奮い立たせる為にやったけど、意外と反応良かったもんな。

　歓迎祭はシンフォニー・ホールを借り切って行ったので入れない客も多かったが、野外なら客席に制限はない。

　会場も広くチケットの売り切れもないだろうし、前回以上の集客を見込めるかもしれない。

「……流石はビルギット姉上です。これ程のアイデアがあったとは感服いたしました」

「まーウチは世界を飛び回って色んなやり方を見てきとるからな。こういうのは得意分野なんよ。……ま、姉の背中を見て学べちゅーこっちゃ」

「勉強になります」

「なぁビル姉！　自由ってことは俺らも参加していいのか？」

「もちろん構わんで」

「やったぜ！　ゼロ兄、アリーゼ、一緒にでねぇか⁉」

「む……音楽などやったことはないのだが……貴様がそこまで言うなら……」

「楽しそうですねー。やりましょやりましょ」

なんだか盛り上がっているが、俺としてはサリアたちが演奏してくれれば何でもいいんだけどな。

「……」

ふと、サリアの表情が曇っているのに気づく。

「サリア姉さん？」

「なに？」

「あ、いえ何も……」

声をかけるが、すぐに普段のサリアに戻ってしまう。

……気のせいか。そう思いつつも俺は部屋を後にするサリアの背中から目を逸らすことが出来なかった。

◆

「くそったれがァ！」

どがぁ！　と破砕音が辺りに響く。

月夜の荒野にて、先刻まで雄々しく聳え立っていた大岩が見るも無惨な姿になっていた。

「こらこら、イライラするのは身体と心に良くないぜ。ギザギザくん」

「誰がギザギザだっ！　……チッ、まぁいい。それよりそろそろ教えろ。俺を黄泉返らせた理由をな」

「うーむ、と言っても僕的にはそのつもりはなかったんだよねぇ……」

ポリポリと頭を掻きながら聖王は言葉を続ける。

「僕が使った『よびだしのうた』はターゲットに因縁深い存在を魔力により具現化させるという魔曲でね。今回はロイド君と因縁深い敵を味方に付けようと思ったのだが、何故か君が来たってワケ。……ていうか本来はこういう技じゃないんだよねー。彼みたいな子供が恨みを買うのはせいぜい同学年の子供や悪い大人くらいでしょ。僕としてはそうして呼び寄せた人から情報収集しようと思っただけなんだが、まさか魔族が出てくるとは……全くとんでもない子だよ。ロイド君は」

それは貴様も同じだがな、とギザルムは内心で呟く。

消滅した魔族は粒子となり、何百年もの長い年月をかけて形を取り戻していく。

奴の術、魔力により具現化させているという触れ込みだが、ここまで元通りにすることなど到底できるはずがない。

しかも聖王に逆らおうとすると、即座に身体の霧散が始まる。恐らくなんらかの『縛り』を入れられているのだろう。


(だが一体なんなんだ……この溢れるような力は……?)

燃えたぎるような力の奔流、以前の自分とは明らかに違う。

己の魂に他の何かが混じっている感覚。存在しないはずの記憶が、在る。

(学園、炎、光の弓……? くっ、頭痛がしやがる……!)

恐らく他の魔族が混じっているのだろう。

……まぁあのガキなら魔族を何人かを殺していてもおかしくはないか。

「大丈夫かい？　僕の魔曲は神の力でもあるから、自分でもよくわからない部分があってさ。特に魔族を復活させたのは初めてだし悪いところがあったらすぐ言いなよ？」

「……今のところは大丈夫だ。問題ない」

「ふーん、ならいいけど……そういえばあの子も大丈夫かな。ほら演奏会にいたあのメガネガール」

「あ？」

「上手な演奏してたけど、心配だなぁ……僕の影響、受けてなきゃいいけど……」

神妙な顔で呟く聖王、それを見てギザルムは首を傾げるのだった。

◆

というわけで、サルーム野外ライブフェスに向けての準備が始まった。

アルベルトの心配を他所に民衆は意外と乗り気で、お触れが出るなり祭りの準備を始めている。

新たに屋台や出店の準備、食材や飾りつけで大量の取引が行われ、他国からも演奏者が集まり、城下の宿は予約で一杯だとか。

そして俺はというと、気分転換ということで街へ繰り出していた。

「全く、ロイド様は放っておくといつまでも部屋に籠もりっきりになるのですから……」

「たまには少しは外に出なきゃだよ。アイデアも浮かぶかもしれないしね」

両側にレンとシルファが付き従う中、街の喧騒を行く。

……まぁ正確には強制連行されているのだが。俺は楽曲作りに集中してたいんだけどなぁ。

「いいじゃねぇですかロイド様。作曲を始めてもう一週間、今回は下手に邪魔が入らねぇからずぅっと籠もりきりで、俺らも退屈すぎておかしくなりそうでさ。たまにゃあ俺たちも外に出てぇですよ」

「今日ばかりは魔人に同意です。というか他国からの楽団が気になって気になって……なんでも異国には妖艶な姿にて舞う踊り子がいるとか……ハァハァ、辛抱たまりませんな！」

グリモとジリエルも不満だったようだ。ジリエルは別の理由のようだが、いつもの発作だろうしあまり気にしなくていいか。

「それにしても、もう既に色々な楽団が来ているようだな。本番はまだなんだろう？」

街を進むたびに様々な曲が耳に流れ込んでくる。上手い曲、下手な曲、聞いたこともないような曲……それが色んな所から聞こえてくる。

一体どれだけの参加者がいるのだろうか。想像もつかないな。

「ビルギット様曰く、今は事前審査が行われているようですね。街中で自由に演奏を行い、実力が認められた楽団には招待状が送られ、本祭への参加資格が得られるそうですよ」

「ふーん、予選みたいなもんか」

この形式なら誰でも参加出来るから盛り上がっているのだろう。

なんか食器を楽器にしている人までいるし。まさに街中音楽一色という感じだ。

流石はビルギット、まだ本番前なのにこの盛り上がりっぷりは大成功だな。

「それにしても色々な国の楽団が来てるね。異国の音楽ってやつ？　普段聞かないような歌が沢山聞こえてくるよ」

「えぇ……ですが異国と聞くと、何故か嫌な予感がしてきますね」

シルファが重いため息を吐いたその時である、流麗な笛の音が遠くから聞こえ始めた。

笛だけでなく、ドンシャンドンシャンと鈴と銅鑼(どら)の音が混じる中、一匹の大きな蛇のようなものが姿を現す。

紙で出来たその身体は下からの棒で支えられており、まるで生きているかのように宙を舞っている。

「わ！　あれ、なになに⁉　おっきな蛇がいるよ！」

「自分たちの曲を目立たせようとする旗印のようなものでしょうか。中々派手で面白い趣向ですね」

確かに、あんなものが宙で踊っていたら目を向けざるを得ないもんな。

大道芸的な魅せ方、これもまた自由な音楽というやつかもしれない。

そこへ飛び込んできたのは仮面を付けた少女、大蛇と戦うような演舞を始める。

音楽に合わせて手にした刀剣を振るうたびに拍手が巻き起こり、大蛇は退散していった。

喝采と共に小銭が投げ入れられ、少女は礼をしながら空中でそれらをキャッチしていく。

「この大道芸は、まさか……！」

眉を顰めるシルファ。少女は視線に気づいたのかこちらを向くと、元気よく手を振ってくる。

「おーい！　おーい！　ローイドーっ！」

駆け寄ってきた少女が仮面を取ると——タオだ。

「こんなとこで会うとは奇遇あるな！　そして超久しぶりあるよっ！」

そういえば結構久しぶりかもしれない。学園に行ってた間は会えなかったからな。

タオの快活な笑顔とは真逆に、シルファはうんざりしたようにため息を吐く。

「……はぁ、やはりあなたでしたか。最近見ないと思って安心していたのに。気を抜くと出てくるから困ります。まるで台所に出てくる黒光りする虫の如く、ですね」

「ぬなっ！　このメイド、会うなり人をゴキブリ扱いあるかっ⁉」

「おや、別にあなたのことだとも、ゴキブリだとも言ってませんが」

「ぬきー！　性格の悪さは変わらんあるなっ！」

いきなり争い始めるタオとシルファ。やれやれ、相変わらず騒がしい。

でもどこか楽しそうなやり取りのような気がしないでもない。言ったら怒りそうだから言わないが。

そんな中、大蛇を持ち上げていた者たちの中から一人の老人が進み出る。

えーとどこかで見覚えがあったような……

「ふぁっふぁっ、チェンじゃよ。久しいのうロイド君」

「タオのじいちゃん！」

タオの祖父であり、師匠のチェンだ。以前錬金大祭ですごい丹薬を作ってたっけ。

魔術の役に立ちそうだから全部買ってみたが、とても面白い配合をしており参考になったのを思い出す。

「ほう、役に立ったならそれはよかったわい。ふぁっふぁっ」

それにしてもやけに受け答えがはっきりしているな。

前はもっとボケボケしてた気がしたが、こんなにシャキッとしてたっけ。

訝しむ俺の横でタオがため息を吐く。

「フェスの話を聞いてから、じいちゃん張り切り過ぎて困ってるね。いきなり皆で楽団なんかやりだすし。アタシまで手伝いに駆り出される始末よ」

「そういえば一緒にいるのは錬金大祭の時にチェンと共に集まっていた老人たちだな」

異国の老人たちは各々が楽器を持っては見事な演奏をしている。

聞き慣れない音の洪水に行き交う人々は聴き惚れているようだ。

「……ねぇシルファさん、なんかこのおじいちゃんたち、目付きがイヤらしくない？」

「……えぇ、目じりが下がり過ぎです。老人方」

「ふぁっふぁっ」

シルファたちに睨まれて尚、チェンを始めとする老人たちはニヤニヤと笑っている。

「むむぅ……あの老人ども、きっと女性たちにモテようとして楽団を組んだに違いありません！」

あぁ、音楽やってるとモテるらしいからなぁ。チェンたちはそれが目的だったのか。

「我ら異国音楽隊！　さぁさぁ寄ってらっしゃい女子たち！」

ドンドンと楽器を鳴らす老人たちを見て、タオが大きなため息を吐く。

「……ばあちゃんに言うあるよ」

「なっ⁉ そ、それはやめてくれ！ 後生じゃから！」

「んー、どぉしよっかなー？」

「頼む！ 好きなもん買ってやるから。な？」

ペコペコと頭を下げるチェン。うーむ、意外なお目付け役というところかな。

◇

次に向かったのは大広場。

そこでは一際大きな音が鳴り響いていた。

「うわっ、すごくうるさいね！」

「ここには様々な演奏者がいますから。しかし流石というか、アレは一際目立っているようです」

ずんずんと響く重低音、その発生源は広場中央に鎮座した巨大人型ゴーレム——ディガーディアであった。

機体には大小様々なスピーカーが取り付けられており、そこから爆音が流れ出ている。

この二人がどんな演奏をするのかと思ったが……うーむ、まさかディガーディアを改造して大きな楽器にしてしまうとは驚きだ。

「おおーい、ロディ坊ーっ！」

ディガーディアの搭乗口からディアンが手を振ってくる。

その横ではゼロフもこちらに視線を送っていた。

「ディアン兄さん、ゼロフ兄さん、いい調子のようですね」

「おうよ！　やっぱり俺たちコンビは相性最高だな！　ゼロ兄！」

「……ふん、当然だ」

ディアンに肩を組まれ、満更でもなさそうなゼロフ。

ゴーレム作りをしていた時はちょいちょい言い争いもしていたが、意外と性格は合っているようだ。

「でもちょっとうるさくないですか？」

「馬っ鹿！　この腹の奥に響くような音がいいんだろ！　なぁゼロ兄」

「うむ、その通りだ。この熱きビートは重低音でこそ映えるというもの。ディアンはよくわかっている」

うんうんと息ぴったりに頷く。音楽性がぴったりだな。

……ま、うるさいから風系統魔術で音をキャンセルすればいいだけの話だ。

演奏に夢中な二人に手を振り、俺はその場を後にするのだった。

◇

広場を離れた後、城の部屋に戻ろうとした俺の耳に静かな旋律が流れてくる。

先刻の激しい音とは真逆の繊細で上品な感じが心地よい。

「わぁ、風に乗っていい音色が流れて来るね」

「ええ、まるでサリア様の音楽……いえ、そこまでの凄味は感じませんが」

シルファの言う通り、高水準だがサリアと比べれば綺麗なだけの曲だ。

しかし微細な狂いもなく、品の良い音色は素人が多いこのフェスにはないものだ。

音の方へ近づいていくとともにドレス姿の女性たちが多くなっていく。

「あー、あれはアルベルト兄さんだな」

すごい数の女性に取り囲まれているので、わざわざ見なくてもわかる。

使っているのはフルートだろうか。ハープやピアノなどの音もするあたり、数人で演奏しているようだ。しかし宮廷音楽家の割に下手な気もするが……

「オンッ！」

突如、その中心から吠え声が聞こえてくる。

人の塊が割れて飛び出してきたのはシロだ。俺に飛びつき押し倒してくる。

「はは、そこにいたのかシロ。くすぐったいぞ」

「オンオンッ！」

ぺろぺろと顔を舐められながら起き上がると、シロが飛び出してきた隙間からはやはりアルベルトが見える。

それだけではない。アリーゼと楽器を持った動物たちもいた。

「おお、ロイドじゃないか」

「あらあら、こんなところで会うなんて、奇遇ねー」

「オンッ！」

よく見ればシロもカスタネットを持っている。

一体全体どういうことだこれは。

「アリーゼが動物たちと演奏したいと言い出してね。僕も兄として協力しようと思ったわけさ」

「アルベルト兄様と皆と一緒に演奏が出来るなんて、夢のようだわ。うふふ」

……なるほど、アルベルトと一緒に演奏していたのは動物たちだったのか。

上手くはないと思ったが、動物だと考えればむしろ凄すぎる。それを可能とするアリーゼの動物と心を通わせる能力はとてつもないな。

「中断してしまったな。さて、もう一度初めからやろうじゃないか」

「オンッ！」

走って戻っていくシロ。動物たちとアルベルトの協奏曲に俺たちはしばし耳を傾ける。

皆、ちゃんと準備してるんだなぁ。俺も頑張らないと。

◇

「出来た……！」

譜面を前に声を漏らす。

あれから更に三日、ようやく曲が完成した。

息抜きで色々な音楽を聴いたからアイデアが浮かんだ部分もあったし、気分転換も悪くなかったかもな。

「うおおおお！　譜面を見るだけで分かる名作感！　これをサリアたんとイーシャたんが演奏したときのことを考えると……あぁ、天にも昇る気持ちです！」

「勝手に昇ってろ。ただし二度と降りて来るんじゃねぇぞ。それはそれとして素晴らしい曲だと思いやすぜ。ロイド様よぉ」

グリモとジリエルの言葉にうなずいて返す。

俺からしてもこの曲は結構な完成度だ。

「ていうかロイド様、出来たのはいいが曲作りに時間かけすぎちまったんじゃねぇですかい？」

「そうですとも。聖王がいつ来るとも知れません。そろそろベアルを復活させねばなりますまい」

「あ、そういえばそんな話だっけ」

完全に忘れていたが、元々ベアル復活の為に曲を作っていたんだっけ。

フェスまで時間はあるし、リハーサルとか適当に言いくるめてさっさと復活させた方がいいだろう。

「それにしても聖王の奴、全く姿を見せなかったな」

もう一回くらい襲ってくるかもと警戒していたが、やはりもう帰ってしまったのだろうか。

ベアルを回復させたら一度じっくり戦ってみたかったのだが……ま、直接会いに行くという手もあるし、今は気にする必要はないか。

「サリア姉さーん！　どこですかー？」

そんなわけでサリアを探して城を歩き回るが……いない。

いつもならその辺で演奏しているのだが、寝ているのだろうか。

「ロイド様、あちらです！　塔の上を」

ジリエルに言われた通り塔を見上げると、そこには物憂げに窓の外を見下ろすサリアがいた。

「ちょ……なんだか様子がおかしいですぜ⁉」

「い、今にも飛び降りそうに見えませんか⁉」

二人の言う通り、サリアは窓から身を乗り出している。

あのままでは地面に落ちてしまう。マズい。

「くっ！」

咄嗟に『飛翔』を念じ、サリアの元へ飛ぶ。

バランスを崩して落ちそうになるその身体を受け止め、窓際に着地した。

ふう、危ないところだったが何とか間に合ったな。

「……びっくりした。何するのよロイド。危ないじゃない」

「ええ……」

助けたのに怒られてしまった。不条理だ。

「いや、サリア姉さんが落ちようとしてたから助けようとですね……」

「私がそんなことするわけないでしょ」

「……ごもっともです」

よくよく考えたらあのサリアそんなことするはずがないか。

大方蝶でも追いかけて、フラフラと窓から身を乗り出したに違いない。

「……何かすごく失礼なこと考えてない？」

「き、気のせいですよ。あはは……」

考えを当てられ笑って誤魔化す俺を見てサリアはため息を吐く。

「……いえ、本当はあんたが心配した通りなのかもね。そこまで意識はしてないつもりだったけど、もしかしたら窓から身を投げようとしていたのかもしれない……」

「どういうことですか？」

「私、楽器が弾けなくなっちゃったの」

今まで見たことがないようなサリアの表情。憂いを帯びた瞳からその言葉の真実味が窺える。

「う、嘘でしょう⁉　あの神の旋律と謳われたサリアたんが楽器を弾けなくなったですと⁉　そんなことはありえない！　あってはならない！　嘘だ！　嘘に決まっているぅぅぅ！」

ジリエルが壊れたように声を上げている。

「……このアホ天使は置いとくとして、姉君の話がマジだとしたら心配ですぜ。音楽に全てを費やして生きてきたんでしょうし、身を投げかけちまうのも無理はねぇ……」

「あぁ、これじゃあ折角曲が完成したのに弾いて貰えないじゃないか」

苦労して作った曲が使えないなんて、それは非常に困る。

サリアの代わりなんてそうそう見つかるものじゃない。早急になんとかせねば……

グリモが「いや、そうじゃないでしょ」とでも言わんばかりの顔で俺を見てくるが、いつものことだし気にする必要はないだろう。

「本当に弾けなくなってしまったのですか？」

「ええ。演奏しようとすると指が動かなくてね……トラウマってやつかしら」

眉を顰めながらピアノに指を這わせるサリアだが、鍵盤に手をかざす。が、それだけだ。

その指先はカタカタと震えており、しばし宙を漂った後、結局そのまま引っ込んでしまう。

何ということだ。音楽の申し子と呼ばれたあのサリアがピアノを前にして演奏が出来ないだなんて……信じられないが楽器を弾けなくなったのは事実のようである。

「……あの演奏の後、突然弾けなくなったのよ。私なりに頑張ってみたけど、ダメだった」

「あの演奏とは……聖王歓迎祭ですか」

頷くサリア。考えてみればフェスが決まった時もどこか様子がおかしかった気がする。

「どうにか出来ないんですかいロイド様」

「そうです！　ロイド様なら魔術でどうにか出来るのでは⁉」

「ふーむ……」

心の傷なら精神系統魔術を使えばどうにか出来るかもしれないが、この手の魔術は相手の心をより深く理解せねば逆効果になることもあるんだよな。

そして自慢じゃないが俺は人の気持ちを理解するのが苦手だ。下手をすると二度と演奏が出来なくなるかもと考えると、手出しするのは危険だろう。

悲しそうなサリアの横顔に俺は言葉をかけられずにいた。

沈黙が支配する空間に突如、人の気配が生じる。

「やぁやぁ、お取込み中、失礼するよ」

廊下から聞こえてくる声に振り向くと、そこにいたのは開いた扉にもたれ掛かる聖王である。

「せ、聖王⁉　いつの間にンなとこにいやがったんだ⁉」

「うおおお！　貴様のせいか！　絶対に許さんぞぉぉっ！」

興奮して飛び出そうとするジリエル。

俺も驚いた。てっきりもう帰ってしまったのかと思ったが……やはりベアルにトドメを刺しに来たのだろうか。しかし何故このタイミングで……？

困惑する俺に聖王はヘラヘラと笑いかけてくる。

「おいおいそんなに警戒しないでくれよ。怖い顔されるとビビってしまうじゃあないか。こちとら筋金入りの平和主義者だぜ？」

「ベアルにトドメを刺しに来たのか……？」

「違うよ。用があるのは魔王でも、ましてや君でもない」

「？　じゃあ誰に？」

「そこの可愛らしいメガネガールにさ」

聖王が視線を向けるのはサリアだ。

目を丸くするサリアに構わず聖王は言葉を続ける。

「君、演奏出来なくなってるんだろう？　それ多分、僕のせいなんだよね。だから謝ろうと思ってさ」

「……私がこうなったのは、あんたのせいだっていうの？」

「うん、僕の奏でる曲が空間を隔てて君に届いてしまったんだろう。魔曲、『へいわのうた』は闘争心をへし折る曲なんだ。別の空間にいれば大丈夫だろうと思ったんだけど……

ま、君の才能ゆえにってところかな」

サリアはよくわからないという顔をしているが、実際に現場にいた俺にはわかる。

闘争心の塊である魔王ベアルすらも跪(ひざまず)かせる魔曲、その効果が結界の外にいたサリアにまで影響をもたらした、ということらしい。

確かにサリアの曲には闘志とも取れる強烈な意志をどこかで感じていた。

よく俺に音楽をやらせたがっていたのも、今考えればライバルを求めていたのかもしれない。

イーシャはただ純粋に歌が好きなだけで張り合いがなさそうだものな。

「いつもはそれなりに注意するんだけど緊急事態だったからさ。いやー、ゴメンね☆」

「そんなの知らないしどうでもいい」

サリアはきっぱり言い放つと、聖王の胸倉をぐいと摑んだ。

「元に戻しなさい。今すぐに」

「……そりゃ無理。少なくとも数日ではね。この力は万能じゃないのさ。可能性があるとすれば別のモチベーションを見つけるとか……ま、そのうち戻るよ。楽器が弾けなきゃ死ぬってわけでもないし、しばらくはお休みでもしてれば……」

「言い訳なんか聞いてない」

更にぐいっと、摑んだ胸倉を引き寄せる。

静かだが、燃えるような瞳。その様相は鬼気迫るものだった。

「サリアたんがメチャメチャ怒ってらっしゃる……ですが聖王は闘志を折ったのではなかったのでしょうか？」

「折って尚これ、なのかもな。姉君の音楽に対する想いはそれ以上とも言えるってことか。半端じゃねぇですぜ」

サリアは俺が物心ついた時から常に音楽と向き合い続けていたからな。

人並み外れた闘志を有していてもおかしくはない。だがそれだけではない気もする。

「私が弾けないだけならまだいい。でも今回のフェスは皆で作り上げたもの。絶対に失敗は出来ないのよ。なんでもいいからどうにかしなさい！」

――そうか。今回のライブフェスはビルギットが企画し、アルベルトが舞台を整え、ディアンたちが参加し盛り上げているお祭り。サリアはその主役なのだ。

たとえ演奏が出来なくても誰も責めはしないだろうが、誰よりもサリア自身がそれを許せないのだろう。

それに気圧されたのか聖王は慌てて言葉を並べ始める。

「いやー、僕に出来ることなら何でもしてあげたいって気持ちはあるんだよ？　こう見えて責任感じてるから謝りにきたわけだしさ。とはいえ出来ることと出来ないことが……」

「――ん？　今、何でもするって言ったか？」

俺が割って入ると、二人は固まる。

聖王の言葉で一つ、良いアイデアを思いついたのだ。

フェスが壊れず、尚且つ俺も大満足という大逆転の一手だ。むしろそれ以上かも……ふふふ。

口元がニヤケそうになるのを我慢しながら、俺は聖王の方に向き直る。

「あ、あぁ……でも心の傷は決してすぐには治らないぜ？」

「そうじゃない。お前がやるべきことは一つ。サリア姉さんの代わりにフェスに出るんだ」

きょとんと目を丸くする聖王。それはサリアも、グリモとジリエルもだ。

「だから、お前が演奏するんだよ」

「えええええ――っ!?」

俺の言葉に、全員が大きな声を上げるのだった。

「ロ、ロイド様！　確かに聖王の演奏はサリアたんに匹敵するレベルではありましたが、だからといって代わりを任せるというのは……」

「我ながらいい考えだろう？」

サリア並みのの演奏力、ネームバリューを持つ聖王に代わりを任せれば、フェスの大成功は間違いなしだ。

その上魔曲を思う存分堪能できるし、俺の作った曲を聖王が演奏するというのもまた面白い。

これぞ皆が幸せになれる最高のアイデアである。うーん、自分の発想力が怖い。

「いやいやロイド様よぉ、サリア姉君の気持ちってもんがあるでしょう。演奏が出来なくなって、きっとスゲェ悔しいはずですぜ。フェスだって楽しみにしてたはずだ。なのにそうさせた張本人に代わりを任せちまうなんて、幾らなんでもヒドいですぜ！」

「そうかなぁ……」

どうせ弾けないなら誰かに任せるしかないんだし、俺なら落ち込んだフリして思う存分自分のことを研究するぞ。

「おいおい全くだぜロイド君。君には人の心がないのかい？　彼女の気持ちになって考えてみろよ。張本人の僕に代役をやらせるだなんて、納得するはずが——」

「いいわよ。あんたがやりなさい」

きっぱりと言い放つサリアに、聖王は慌てる。

「ええっ⁉　い、いいのかい？　幾らなんでも気が引けるんだけれど……考え直した方がよくない？」

「何よ。男が一度吐いた言葉を引っ込めるっての？」

「そんなつもりはないけどさ……だって君、僕の演奏をまともに聴いてないだろ？」

「あんたがそれなりの腕前なのは見ればわかる」

例えば剣の達人は所作振る舞いだけで、その人物の実力を見極めるという。

同じく音楽の申し子と言われるサリアからすれば、わざわざ聴くまでもなくその実力が分かるのかもしれない。

「でも……そうね。あんたのことを皆に納得させないとダメよね。ロイド、ちょっと走って皆を呼んできなさい」

「は、はい！」

サリアに部屋を追い出された俺は、皆を呼びに行くのだった。

聖王が「強いなぁ」と苦笑する声が部屋の中から聞こえていた。

◇

そうして俺はアルベルトたちを呼び出し、戻ってきた。

道中、状況を話したが、皆信じられないといった顔をしている。

「あのサリアが楽器を演奏出来なくなったとは……到底信じられんな……」

「しかもその代わりが聖王だとぉ？　何が起きてるのやらサッパリだぜ」

「大丈夫なのでしょうかサリア姉さん……私、心配です……」

「聖王だか何だか知らんが、サリアに僅かでも劣っていたら代役など絶対に認めんぞ！」

「あぁ、穴を開けた方がマシだぜ。さ、お手並み拝見といこうか」

各々が思い思いに言葉を並べる中、サリアは聖王をピアノの前に座らせる。

「ほら、早くあんたの実力を見せつけてやりなさい」

「はいはい、わかりましたよ……では——」

聖王は苦笑いしながら鍵盤に指を這わせる。

——♪

それはまさに文句のつけようがない演奏だった。

魔曲ではないようだが、それでも十分。皆はただ黙ってその素晴らしさに涙する。

「……文句はあらへん。いい腕や。サリアに勝らずとも劣らん、な」

「ええ、素晴らしい演奏でございます。私個人としてはとても気に食わないですが、腕前には何の問題もないでしょう」

ビルギットに加え、シルファまでもが太鼓判を押す。

勿論他の皆も、誰一人文句をつける者はいなかった。

「……でもエエんかサリア、こんなのに任せてもうて。嫌やったら撤回しても構わんのやで？」

「構わないわギルビット姉さん。フェスの成功が私の望みだもの」

「アンタがそう言うならエエんやけどな……あとビルギットな？」

当事者であるサリアがそこまで言う以上、誰も何も言うことはできなかった。

◆

――予選は終わり、もうすぐ本祭が始まる。

サリアは月光の下にてピアノの前に座っていた。

構えた両手で鍵盤を叩こうとするが――動かない。

懸命に指を動かそうとするが、全身は小刻みに震え額には脂汗が浮かび出す。

「……くっ」

ガーン！　と、両手を叩きつける大きな音が鳴り響く。

静かな夜に響いた音は夜の闇に溶けるように消えてしまった。

サリアは肩を震わせ、息を荒らげ、拳を強く握りしめる。

「……ダメ。どうしても弾けない……！」

あれから何度も挑戦したが、どうしても弾ける気がしない。

本当はフェスに出たかった。イーシャと合奏したかった。ロイドの作った曲を弾きたかった。……でもダメだった。このままではあの男に任せるしかない。

「心の問題、か」

聖王とかいうのが何かやったらしいが恐らくそれはきっかけに過ぎない。

少し前から自身の演奏に満足が出来ず、もしかしたら近いうちに弾けなくなるかもしれない、と心のどこかで感じていたのだ。

覚悟はしていたとはいえ、いざ弾けなくなるとその事実が重くのしかかってくる。

弾きたいのに弾けない、こんなことは今までなかった。故に対処法も分からない。

「どうすれば……いいってのよ……！」

まさか一生このままなのだろうか。

音楽にしか興味のない自分からそれを取り上げたら、一体何が残るというのだろう。

そうなった自分に生きている価値などあるのだろうか。

ぐるぐると悪い考えが頭の中を回り、無力さを呪うことしか出来ずにいた。

そんなサリアの背後にて、建物の影が伸びていく。

瞬間、サリアの首元に刃物が突きつけられるような感覚とともに、影は声を発した。


「貴様の原点、そこにヒントがあるかもな」

そこにいたのは黒い男。

影に包まれたその姿は殆ど見えないが、鋭い目だけが闇の中からサリアを見つめている。


「音楽に限らず、あらゆる芸術分野において製作者の手が止まり動かなくなることはままある。そんな時は己の原点を振り返ること……最初のモチベーションこそが復活の切っ掛けになるものだ」

「私の、原点……？」

「自分が音楽を始めた切っ掛け、その時の気持ち……それを考えるのだな」

そう言い残し闇に溶けようとする影を、

「待って！」

サリアは呼び止める。そして言葉を続ける。

「あんた、悪い奴でしょ。なんで私に助言なんかするの？」

「ふん、勘違いするな。これは俺の為だ。……貴様の演奏は中々よかった。俺の耳を癒やすに値する程の才の持ち主がこのまま埋もれるのが惜しいと思った。それだけの話だ」

影はそう言って、今度こそ闇に溶け消えていく。


「偉そうに……」

呟き返してサリアは己の両掌に視線を落とす。

静寂の中、己の記憶を掘り起こしていく。

「そういえばいつだっけ。初めて楽器を弾いたの」

確か……三歳くらいの時だったろうか。

兄たちと遊んでいた時にどこぞの宮廷音楽家が部屋に入ってきて自分に音楽を教えようとしてきたのだ。

そんな彼に「自分より下手な人に教えて貰いたくない」とか言った気がする。

彼は苦笑いしながら演奏を始め、それを私は返す演奏で黙らせたんだっけ。

以来、色々な音楽家が私の下を訪れたがそのたびに返り討ちにしていった。

そんなある日イーシャに出会い、その歌唱力に彼女を生涯のライバルと認定した。

ずっと二人で歌って、奏でて……イーシャはきっと楽しんでいただけだろうけど、自分は演奏のたびに心の中で競い合い、勝敗を付けていた気がする。

……うん、言われてみれば私の根源は闘争心なのかも。


「でも本当にそれだけ……？」

違和感、何かを見落としている感覚にもっと記憶を遡る。

……そう、イーシャと出会った後だって今ほど音楽に夢中ではなかった。

普通に兄たちと毎日遊んでいたし、二、三日何も弾かない日だってあった。普通の子供だった気がする。

四歳、五歳、六歳……弟が生まれ、妹が生まれ、また弟が生まれ――そう、七歳の時にロイドが生まれたんだっけ。それで――


「サリア姉さん？」

突如、耳元で話しかけられる。声の主はロイドだった。

「ロイド……」

「すみません驚かせて。……でも大丈夫ですか？　汗がすごいですよ？」

気づけばサリアは全身汗びっしょりであった。

身体を強い疲労感と倦怠感(けんたいかん)が襲い、足元がフラつく。

「な、何でもない、わよ……」

「何でもなくないですよ。顔が真っ青じゃないですか。すぐ部屋に戻りましょう。さぁ、肩を貸しますから」

「……本当に大丈夫、だから……」

何かが摑め掛けていた。

もう少しだけ、記憶を辿れれば何かが摑めるかもしれない……あと、少し……

だがそんな思いとは裏腹にサリアの身体は崩れ落ちる。

「サリア姉さん⁉　大丈夫ですかサリア姉さんっ！」

ロイドの叫び声を遠くに聞きながら、サリアは意識を手放すのだった。

◆

「サリアが倒れただって⁉」

驚きの声を上げるアルベルト。

倒れたサリアを部屋に運び込んだ俺はアルベルトたちに報告をしていた。

「だ、大丈夫なのか⁉」

「えぇ、今は眠っています。熱もないようですし、多分大丈夫かと」

「ふむ、色々悩んどるよーやったしなぁ。疲れが出たんやろ」

ビルギットがすごい速さで書類に目を通しながら言う。

ちなみに二人は明日の本祭に向けて書類整理中だ。

様々な店舗の許可や客席の確保、来賓への対応、参加者の整理などなどやることは幾らでもあるらしい。

「うむ……心配だ心配だ。思い詰めて無理をしたのだろうか……」

「こらこらアルベルト、手ェ止めとる暇はあるんか？」

「姉上、しかし……」

言いかけたアルベルトだが、ビルギットの迫力に言葉を飲み込む。

「あの音楽大好きっ子が自分から代役を立てとるんやで。それだけ責任を感じとるちゅーこっちゃ。それに報いる為にウチらも気張らんといかんやろ。のんびりしとる暇なんかあらへんやろ」

「姉上……！　ええ、そうですよね」

「んむ、わかればよろしい」

ビルギットが頷いたその時、パチパチと手を叩く音が聞こえてくる。

「いやぁまさしくその通り！　フェスの成功こそが彼女の望みなんだから、その為に力を尽くすべきだよねぇ！」

拍手の主は聖王だった。

相変わらず神出鬼没だな。おどけた様子の聖王をビルギットは強く睨み付ける。

「アンタは黙っときや。サリアの意向やから任せとるけど、本来ならぶっ飛ばしとるところやで」

「おお怖っ。いやはや、妹想いのお姉様だことで」

「言っとくけど演奏で手ェなんか抜きよったら……」

「そんなつもりは露ほどもないよ。聖王の名に懸けて誓うぜ」

「当然やろ。そんなことしたら磔(はりつけ)にしたるからな」

「あははー、磔って聖王にそれ言っちゃう？　ま、頑張るって言葉に嘘はないんでそこは安心して欲しいな」

聖王はヒラヒラと手を振りながら出ていく。

「くっ、相変わらずふざけた男め……！　どういうつもりなのでしょう。いつも思わせぶ

りなことを言ってますが」

「にゃろう、どうもあいつは摑めねぇ奴ですな。いつもフラフラしやがって、一体何がしたいんだぁ？」

首を傾げるグリモたちだが、あいつ普通に何も考えてないように思えるんだよなぁ。

本当にただ、思うままに動いているのではなかろうか。

普通に事故でサリアの音楽を奪い、普通に謝罪と償いをし、普通にサリアを励まそうとして、普通にビルギットたちに弁解をした……とか。

聖王という肩書に加え、喋り方が思わせぶりだから周りがそう思っているだけな気がしなくもない。……まぁそれも俺の勝手な想像。何にせよ、先入観に囚われるのは良くないか。

「ま、もうすぐわかるさ」

明日はフェス本番なのだ。

俺としては魔曲の出来を確かめるという目的を果たせればどうでもいい。……あ、ベアルの復活もな。

はてさて、一体どうなってしまうのやら。楽しみで夜も眠れそうにないぞ。

◇

そして夜が明け、フェス当日。

「ふぁーあ……よく寝た」

欠伸と共に大きく伸びをすると、グリモとジリエルがひょこっと出てくる。

「メチャメチャぐっすり寝てやしたぜロイド様」

「というかもう昼でございますよ。幾らなんでも寝過ぎなのでは？」

「色々やってて寝るのが遅くなかったからなぁ」

譜面の最終チェックをしていたら遅くなってしまったのだ。

窓の外を見ればもう陽が高くまで昇っている。確かに寝すぎてしまったか。

しかしシルファたちが起こしに来ないなんて珍しい。

「ようやく起きたみたいね。ロイド君」

ベッド脇からの声に振り向くと、椅子に座って本を読むコニーがいた。

「あんまり安らかな寝顔してるから、つい放っておいちゃった」

「コニー、起きても大丈夫なのか？」

「うん、最近は調子が良いの。ロイド君の音楽を聴いてるからかな」

ベアルを回復させる為の魔曲、その回復効果は宿主であるコニーにも効果があるからな。

日々研鑽を続けているが、効果は上々というところか。

「まだ意思疎通までは出来ないけど、ベアルもかなり回復してきたような感じだよ」

「なんだ、そうなのか」

「……どうしてちょっと残念そうなのかしら」

コニーが冷ややかな目で見つめて来る。

残念とまでは思ってないが、どうせなら本番で大復活、とかやって欲しかった。

中途半端に回復してたら、曲の効果が分かり辛くなるじゃないか。

まぁベアルの魔力は膨大だし、幾ら何でも一度で全回復とはいかないか。

あらゆる現象に共通することだが、攻撃よりも回復の方がより大きな力を使うのである。なんでも壊すより直す方が難しいものだ。

「ちなみにシルファさんたちはフェスの手伝いに行ってるよ。朝早くにビルギット様に連れられて行っちゃった」

「あー、だから起こしに来なかったのか」

幾らシルファでもビルギット相手には逆らえないからな。

それでもあのシルファを連れていくとは、流石である。

「すごく残念がってた。いつも起こしているのにね」

くすくすと笑うコニー。ま、たまには休んでもいいだろう。

おかげでゆっくり寝られたしな。

「それよりコニー、寝てる間に変な奴が来やがらなかったか？　黒髪のヘラヘラした男なんだがよ」

「聖王です。ベアルを倒しに来たのなら、コニー嬢と接触をしていてもおかしくはありませんから」

グリモとジリエルが顔を出すが、二人の問いにコニーは首を傾げる。

「んー……さぁ、私は誰とも会ってないけど……」

「ま、そうだろうな」

結界に近づいた様子はなかったしな。聖王は適当な性格に見えるが、案外嘘は吐かないように見える。

やはり単に反省し、協力してくれていると考えるべきか？　ううむ、わからん。

唸っていると、コニーが立ち上がり俺の手を取る。

「ロイド、それよりフェスに行こうよ。ずっと寝てたから身体を動かしたい」

「そうだな。俺もそろそろ行かなきゃだし。でも無理はするなよ」

「うん」

俺はコニーを連れて、会場に向かうのだった。

◇

様々な音が入り乱れる空間を俺たちは歩いていく。

「うわぁ、すごい人混みだね。心配してたみたいだけど、大成功じゃない」

「あぁ、流石はビルギット姉さんだ」

とんでもない大盛況で、前回の聖王歓迎祭より盛り上がっているくらいだ。

人混みがうっとうしいので風系統魔術『微風結界』を展開しておく。

周囲に空気の壁を作って人が近づけないようにし、更に新鮮な空気を循環させているので快適だ。

「押さないで下さい。ゆっくり歩いて下さい。そこ、走ってはいけませーん！」

お立ち台の上で一生懸命声を荒らげているのはレンだ。

というか至る所にメイドたちが立ってるな。どうやら交通整理に駆り出されたようだ。

なるほど、城を出るまでに一人のメイドともすれ違わなかったのはこういうわけか。

「ロイド様っ！」

そんな時、遠くからシルファの声が響く。お立ち台から飛び降りると人混みの中を跳躍混じりに駆け抜けてくる。

「おはようございますロイド様。あぁ、こんなに寝癖が……手櫛で失礼いたしますね」

そう言ってどこからともなく霧吹きを取り出し、ささっと俺の髪を直してくる。

一体どこにそんなものを持っていたのかと思わなくもないが、シルファだし気にしてはいけない。

「襟を直して、靴も磨き直して……ええ、これで大丈夫ですよ」

「あーうん、ありがとう」

強制的にピシッとさせられる。やっぱりシルファに整えられるとピシッとなるな。

俺の姿が気に入ったのか、シルファは満足げな顔でにっこり笑う。

「それにしてもよく分かったな。この人混みで」

「何をおっしゃいます。このシルファ、ロイド様のお姿でしたら一キロ先からでも見分けて御覧に入れますとも。お髪が乱れておりましたから、急いで馳せ参じました」

「そ、そうか……」

どういう視力をしているんだ一体。しかも冗談じゃないから困るんだよな。

「あぁしかし、やはり私が残るべきでしたか。他の者にメイドたちの指揮を任せるわけにもいかず……申し訳ありませんでした。ビルギット様に言われては、私とて言い返せず……」

申し訳なさそうなシルファ。

しかしメイドたちによる交通整理は効果抜群のようで、客たちは鼻の下を伸ばしながら彼女たちの誘導に従っている。

「気にしなくていいよ」

「お優しいお言葉、ありがとうございます。それより皆様の元へ行くのですよね？　私がご案内致しましょう」

「ありがたいけど……いいのか？　交通整理をほったらかして。ビルギット姉さんに怒られるんじゃあ……」

「何をおっしゃいます。迷子の案内もまた、私の仕事でございます」

そう言って微笑を浮かべるシルファ。そういうことなら仕事場を離れても問題はないか。

シルファに案内され、俺たちは参加者たちの待つステージ裏へと赴くのだった。

「ロイド様をお連れ致しました」

「お、メイド。ご苦労ある」

テント入り口の幕を開くと中にいたのはタオだった。

「ロイドー、よく来たあるなー。うりうり」

「タオ……なんでここに？」

「予選を勝ち抜いてきたある！　ついさっきね。見てくれたあるか？」

見ればタオの全身は汗で濡れ、息も上がっている。

本当に丁度終わったばかりのようだ。……残念ながら見てないが。

事前に聞いてた話では、予選を勝ち抜いたグループはこの大舞台で演奏させて貰えるらしい。

それを前座に十分盛り上がったところで、イーシャたちが演奏するんだとか。まさに隙のない構成である。

「やめなさい、汗にまみれた汚い身体でロイド様に触るとは。無礼、そして臭いですよ」

タオに抱きすくめられていた俺を、今度はシルファがひったくる。

「ぬなっ⁉　く、臭くないある！　とてもフローラルな香りね！」

どうやらまたいつものが始まったようなので、放っておいて聖王たちの元へ行く。

「やぁロイド君。昨日ぶり。てか寝てた？」

「うん、ついさっきまでね」

「あはは、だと思った。寝癖を直した跡があるからねー」

シルファが直した部分を指差しながら、聖王は可笑しそうに笑う。

少し離れた場所にいたイーシャも俺に気づき駆け寄ってきた。

「来て下さったのですね。ロイド君」

「やぁイーシャ。喉の具合はどう？」

「そちらは問題ありません。……ですがサリアと一緒でないのは少し残念ですね」

寂しそうに目を伏せるイーシャだが、すぐに笑みを浮かべる。

「でも大丈夫ですよ！　聖王様と共に演奏するのもまた、光栄ですから」

「うん、頑張ってくれ。……ところでサリア姉さんは来てないの？」

「えぇ……調子が悪いようで……」

どうやらサリアはまだ寝込んでいるようだ。

心配ではあるが、それよりもフェスの成功が重要だよな。


「ロイド様、そう言いつつワクワクが隠せてねぇですぜ」

「サリアたんなどどうでもいいという顔をしております」

……そんなことはないぞ。まぁ優先順位は低めかもしれないが。

「ところで二人とも、これを見て欲しいんだけど」

「これは……新しい譜面、ですか？」

「先日貰ったやつの改稿版ってとこかい？　ここにきて変更とは随分また思い切った……むむ！」

聖王が、そしてイーシャが目を見張る。

そう、昨夜遅くまでやっていたことの一つだ。

以前二人に渡した譜面より、更に良くしたものを持ってきたのである。

「これは……！　基本的には前回のものに多少のアレンジを加えたものですが、その完成度はまさに雲泥！　素晴らしすぎますロイド君！」

「しかも僕たちへの負担はほぼゼロか。まぁ仮にあっても、これだけのものを持ってこられちゃあねぇ。採用せざるを得ないよね。でもこれ、三人必要じゃないかい？」

「勿論、俺が参加する」

むしろその為に編曲したと言っていい。

最初は二人に任せようかと思ったが、聖王が参加するならその旋律を間近で感じてみたいと思ったのだ。

魔曲を解き明かす鍵になるかもしれないしな。

「つまり一緒に参加するのが一番、というわけですな」

「その為だけに曲調をも変えてしまうとは……流石の執念でございます」

なお、俺の楽器はカスタネットなので演奏の手間は殆どいらない。

これならゆっくり観察できるというワケである。うーん、完璧。

「おや、ロイドも来たのかい？」

ステージ裏から降りてきたのはアルベルトだ。

燕尾服にマイクを持っている。そういえば声がしていたな。どうやら司会をしていたようだ。

「はいアルベルト兄さん。俺も参加させて貰います」

「へぇ、いいじゃないか！　頑張るんだぞ」

頭を撫でてくるアルベルト。そうしていると演奏を終えたグループが戻ってきた。

「お疲れ様。向こうで休んでいてくれ」

アルベルトに労われ、休憩場所へ向かっていく一団。

どうやら次は俺たちのようだな。

「少し休憩を入れられるが、どうする？」

「俺は大丈夫、今すぐいけます。な、二人共」

俺の問いに二人は頷く。

「はい！」

「なんであとから来た君が仕切ってるのやら……ま、いいけどさ」

イーシャと聖王、二人を従えるようにステージへ出る。

日は暮れ始めており、観客の視線が一斉にこちらに集まる。

一歩遅れて進み出たアルベルトが咳払いと共に声を張る。

「皆さまお待たせしました！　数々のグループが盛り上げてくれたステージの最後を飾るのは――ご存じ、歌う教皇イーシャ！」

わあああああ！　と歓声が上がり、イーシャがひらひらと手を振って返す。

それに応えるようにまた大歓声が上がった。

「そして音楽の申し子と呼ばれたサリアの代わりに参加して下さるのはこの方、来られた方は本当に幸運です。二度と聴く機会はないかもしれない――聖王！」

さっきよりもさらに大きな歓声が巻き起こる。

いつの間にかフードで顔を隠している。認識疎外の魔術も使っているな。顔バレ対策は万全のようだ。

「そしてぇぇぇ！　急遽参戦！　我らがサルーム第七王子、今回は作曲まで行ったという超可愛い我が弟！　ロイド＝ディ＝サルームゥゥゥッ！」

おおおおおお！　と歓声が響く。……あれ、ずっとサリアとイーシャのおまけだと認識していたが、もしかして俺って意外と有名なのだろうか。

「そりゃそうですぜロイド様、あれだけの歌を何度も聴かせてりゃよぉ」

「ええ、民たちもロイド様の凄まじさに気づき始めたのでしょう」

それは困るぞ。変に目立ちたくはないんだがなぁ……まぁ今回はカスタネットだし、大丈夫だと思いたい。

「……あれ？　楽器がないぞ」

ふと気づくと、ステージに楽器がない。

俺のカスタネットはあるが、イーシャのマイク、聖王が弾くピアノがないのだ。

全員が困惑する中、アルベルトがウインクをする。

「ふふ、楽器ならあるとも——出番だぞ、ディガーディア！」

ぱちん！　とアルベルトが指を弾くと同時に、ステージが揺れる。

ごごごごご、とステージが割れて床からせり上がってくるのは真紅のゴーレム、ディガーディアだ。

その背中にはグランドピアノが備え付けられ、マイクが何本も刺さっている。

……そういえばゼロフたちが改造して、巨大楽器にしたんだっけ。

よく見ればあの時よりも更に色々な楽器が付いており、その中にはカスタネットまである。

「へへっ、おめーらの為に調整しておいたぜ」

「うむ、使えそうな楽器も大量に装備させておいた。存分に操るがいいぞ」

乗り込んでいたディアンとゼロフが親指を立てる。

おお、ディガーディアを使えるとはすばらしいサプライズだ。

観客も大盛り上がりである。


「あーあー、このマイク、すごくいいですね。私ぴったりにチューニングされている……！」

「ピアノもだ。ってまぁ僕くらいになると道具は選ばないのだけれども」

「俺も問題なしだ」

何せカスタネットだからな。二人が白い目を向けてくるが放置だ。

さて、演奏を始めようじゃないか……って、アレ？

客席に見えた人物、それはサリアであった。


「何故サリア姉さんが……？」

ベッドで寝ていたんじゃなかったのだろうか。それともただの見間違い？

「ロイド様、演奏が始まりやすぜ！」

「余所見をしている場合ではありませんよ」

グリモとジリエルの言葉で我に返る。

おっとそうだった。しかもその間にサリアを見失ってしまう。

まぁ気のせいかもしれないし、それより二人の演奏に注目だ。


――♪


イーシャと聖王は早くも演奏を始めており、観客を盛り上げている。

俺も急いでそれに加わり、本格的な演奏となる。

「む？　こいつはロイド様の作った魔曲じゃねぇですな」

「まずは手始めということでしょう。これだけの大舞台、一曲弾いてハイ終わりともいきませんからね」

その通り、ちなみに今演奏しているのは教会でよく使われる聖歌のアレンジバージョンだ。

プログラムではこの後に十二曲が続くことになっている。

「へぇ、聖歌っつーと俺ら魔人からするとなんとなくウゼェ感じでしたが、こういう軽快なのなら俺もいいと思いやすぜ」

「おお、あの厳かな聖歌がポップな曲調で奏でられている！　素晴らしいアレンジでございます！」

グリモとジリエルの反応も良好だ。

しかしイーシャと聖王の対応力はかなりのものだな。

あっという間に巨大人型楽器（ディガーディア）を使いこなしているぞ。

「この曲にも回復効果があるんですかい？」

「あぁ、全てを順に聴いていくことで儀式は深まり、より大きな癒やしの効果が得られるようにしているんだ」

差し詰め料理のフルコースのようなもの。

ベアルの膨大な魔力を回復させるには一曲やそこらでは恐らく足りない。

数十分にも及ぶ大演奏が必要なのだ。折角だし実験も兼ねてな。

「へへっ、姉君の為ですな。分かってましたぜロイド様。意外とツンデレなんですから」

「傷ついたサリアたんの為に演奏を……あぁ、なんとお優しいのでしょうか……！」

二人がブツブツ言ってるが、聖王の演奏を観察するのに忙しい。

ふむふむ、これが本家の魔曲か。俺の紛い物とはやはり少し違うな。

ま、すぐに完全再現してみせるけど。


――♪

二曲目、三曲目と順調にプログラムは進んでいく。

イーシャも聖王も疲れるどころかその冴えを増しているようだ。

俺のパートはカスタネットなので楽をさせて貰っているが――

「……!?」

僅かに聖王のリズムが変わる。……ミス？　いや全体を通してみるとむしろ良くなっている。

ただしそれは俺がこの音に合わせた場合にのみだ。こいつ、アレンジを仕掛けてきたのか。困惑する俺に聖王がぱちんとウインクをしてくる。

「……やってくれたな」

ぽつりと呟いて、苦笑いを浮かべる。

そう、これは聖王からの挑戦だ。

ここで俺が応じなければ曲が壊れ、同時にここまで作り上げてきた術式が台無しになるだろう。

しかし応じれば術式は更に高みへと昇る。……やれやれ、こんなもの受ける以外の選択肢はないじゃないか。

ちなみにイーシャは流石と言うべきか即座に対応している。

あまり目立ちたくはなかったが仕方あるまい。

――♪

というわけで聖王の挑戦を受ける。

目論見通り曲のレベルが一段上がった。観客の反応も上々だ。

だがようやく曲が安定し、安堵の息を吐く間もなく、聖王が更なるアレンジを加えてくる。

それにイーシャがすぐに対応し、俺も応じるしかない。レベル上昇の螺旋は続く。終わらない。

こらこら、すごいのはわかったがキリがないぞ。いい加減にしてくれよな。

「す、すごい……今まで何の接点もなかったこの三人が初顔合わせでここまでの演奏をするとは……まさにサルーム……いや、世界の宝として残すべき偉大なる演奏だ……！」

「素晴らしい。素晴らしすぎますロイド様……剣術、そして魔術、他にも様々な才能がおありだとは思っていましたが、音楽に関してもここまで卓越した才を見せていただける……シルファは涙で前が見えません……！」

アルベルトたちが何やらブツブツ言っているが、演奏中の俺に聞こえるはずがない。

はぁ、どうでもいいが手が疲れてきたな。

魔術で身体強化してるとはいえ、超高速でカスタネットを叩くのも楽じゃないぞ。とはいえ紡がれる術式は大河を思わせるほどの出来栄えだ。俺一人じゃ到底ここまでは出来なかっただろう。そういう意味では聖王に感謝しなくては。

――♪

そしてようやく最後の魔曲が訪れる。これさえ終わればベアルも復活するだろうし、しばらく音楽はやらなくて済む――

なんて考えていた時である。ステージに何者かが飛び込んでくる。

乱入者。しかしそれを止める者は誰もいない。何故ならその人物は本来この演奏に関わるべき人物――

「サリア姉さん……?」

そう、息を切らせてステージに上がってきたのはサリアであった。

◆

時は少し遡る。ベッドにて寝込んでいたサリアはふと目を覚ました。

辺りは薄暗く、遠くから様々な音楽が響いてくるのが聞こえる。

「……そういえばフェスが始まる頃だっけ」

身体をベッドから起こし、足元をフラつかせながら会場へ向かうサリア。

「オンッ！」

それを支えたのはシロだ。

ふかふかの毛をサリアの足に擦り付けている。

「シロあんた……私を連れてってくれるの？」

「オンッ！」

「ありがとね」

ペロペロと顔を舐めてくるシロを撫で、サリアはその背に跨る。

シロは風のように駆け、会場へと辿り着くのだった。

会場は異常な熱気に包まれており、様々なグループの演奏が雑多に聞こえてくる。

イーシャたちの奏でる音を耳で探し、すぐに見つける。

この透き通るような声はイーシャだ。器用に合わせているのは聖王だろうか。それに重なる打音は――まさかカスタネット？

「恐らくロイドね」

以前見せて貰った楽譜にはまだ隙間があった。それを埋めるのがカスタネットなら、なるほど合点もいくものだ。

ともあれステージまでの道のりは人があまりに多く、とてもシロに乗ったままでは行けそうにない。

「ありがと。ここまででいいよシロ」

「クゥーン」

サリアはシロから降りると、軽い足取りでステージへ向かう。

病み上がりなのが嘘のように身体が軽い。

本当に素晴らしい演奏だ。自分の代わり……いや、それ以上である。

安堵と共に嫉妬を覚えつつも、吸い寄せられるように前へ。

「そういえば昨日の黒男、私がもう一度弾けるようになるには闘争心以外のモチベーションが必要とか言ってたっけ。自分の原点を探せとか」

聖王の言われるがまま記憶を掘り起こそうとして倒れ、気づけばベッドで寝込んでいたのだ。

「でもあの時、何かを思い出しかけてたような……ッぅっ⁉」

頭痛に顔を歪めるサリア。思い出せはしないが、それでも何かが掴めそうな気がしていた。

それが何かはわからないが、何かだ。その答えがこの先にある。

突き動かされるようにステージへ向かい、ようやく辿り着いた。

――♪

眼前に飛び込んできたのは兄たちが作った変なゴーレムで演奏するイーシャたちの姿。

聖王も、そしてロイドもいる。

やはりあのカスタネットの正体はロイドだったか。

その演奏姿を見たサリアの胸の奥底から忘れていた感情が湧き上がってくる。

――そう、あれはロイドが生まれた日のことだ。

街では祭りが開かれ、新たな王子誕生の祝福ムードで一杯だった。

その日、サリアは兄たちに誘われ、新しく生まれた弟を一目見ようと部屋に忍び込もうとしていた。

兄たちが盛り上がる中、サリアは一人冷めていた。

既に弟妹は多くいたし、今更一人増えたところで何だというのだ。そもそもサリアは他人にそこまで興味がなかった。

そんな時ふと空を見上げた瞬間——空が爆ぜる。

炎の球が上空高く舞い上がり、大爆発が巻き起こったのだ。

轟々(ごうごう)と燃え上がる空に兄たちが驚愕(きょうがく)に目を見開く。

だがサリアは炎それ自体より、それが奏でる音に心奪われていた。


——♪


それは今まで聴いたことがないような旋律。

もちろんただの爆発音だ。

しかしその音の奥底から感じられた強い、強い想い。

まるで何かを極めたいと強く言っているような。

燃え上がるようなその想いにサリアは気づけば聴き入っていた。

初めての敗北感。子供心にそれを深く刻み込まれたのである。


思えばそれからだったかもしれない。

その想いに負けないよう、心の内に炎を宿したのは。

――負けたくない。そう強く心に刻んだサリアもまた、何かを極めると決心した。

「思い出した……私が音楽をやってた理由は、あれに勝つ為だったんだ……！」

こうしてサリアは本格的に音楽を始めたのである。

来る日も来る日も、指をひねっても風邪を引いても弾くのを止めなかったサリアは、いつしかサルーム随一の演奏家となっていた。

サリアが音楽を始めた原点は他でもない。やはり闘争心だったのだ。

他を探しても見当たらないはずだ。それはずっと自分の心の内にあったのだから。

気づいたサリアの瞳からは、一切の迷いが消えていた。

◆

「サリア姉さん⁉」

突然の乱入にその場の全員が驚くが、それでもイーシャは歌うのを止めない。

聖王も、もちろん俺も止められない。サリアはつかつかと聖王の横に歩み寄ると、彼の座るピアノの椅子に、聖王を半分押し出すように無理矢理腰掛けた。

「やぁサリアちゃん。一体どうしたのかな？」

「弾きたくなった。それだけよ」

短く返して、サリアは両掌の指十本を鍵盤に叩きつける。


――♪


滑らかに動く指先、奏でられる美しくも凄味のある旋律。

それはまさしく、かつてのサリアの音である。

何が起きたかわからないが完全に復活したようだ。


「おおおおお！　サリアたん復活！　サリアたん復活！　サリアたん復ッッッ活ッッッ！」

「テンション上がり過ぎだぜクソ天使。……だがまぁ、よかったですなロイド様。姉君が弾けるようになってよ」

聖王に合わせて……否、無理矢理合わさせるようなサリアの圧倒的演奏。

完全復活どころかそれ以上だ。以前のサリアより何倍も上である。

「……驚いた。僕以上の演奏だね。復活おめでとうと言っておくよ。参考までに何が起きたか聞いてもいいかい？」

「別に何も。……強いて言うなら思い出しただけよ。私が音楽を始めた理由」

「いやーでもそれってどう見ても闘争心だよねぇ。弾いてる感じでわかるよ。でもそいつは僕が完膚なきまでにへし折ったはずだけど」

「ええ、私の根幹にあったのは結局のところ闘争心。だけど今までは無自覚に周囲の全てを敵と認識していた。今回それを強く自覚したことで、絶対に負けたくないヤツのことを思い出したのよ」

聖王と話しながら、サリアは俺に視線を送ってくる。

え？　なんで俺？　聖王じゃないのか？　……なんだかよくわからないが、俺の方も術式を壊さないようついていくのに必死でそれどころではない。

「だから私は負けない。限界だって超えてみせる――――！」

言葉と共にサリアの指先がその冴えを増していく。

おいおい、どこまで上げるつもりだ。そろそろこっちも限界だぞ。

あまりの速さで曲調が変わっていくから制御系統魔術の更新も追いつかないし、そもそもここまで変わるとカスタネットでついていくには人体の構造上無理がある。

手が攣りそうだ……いや、待てよ。

そう、魔曲には魔曲だ。

カスタネットとは別に、更なる魔曲を作り出せばいいのだ。

「■」

魔術束による詠唱で生み出すのは、無数の極小の魔術。

炎が爆ぜ、水が流れ、石が割れ、風が吹く、魔術により生み出される様々な現象が音を、曲を生み出している。——元々魔曲とは音そのものに術式を込めたもの。

俺はその逆、魔術により生み出される音を曲に変換しているのだ。

「うおおおお！　今までのものが児戯にすら思える程に洗練された曲！　全てを飲み込んでいたサリアたんの演奏すらも飲み込む威力！　これがロイド様の魔術による演奏なのですね！」

「なるほど正しく魔曲ってワケだ。しかもこれ、魔曲が魔曲を生み出すことでループしてやすぜ。起動時に魔力を消費するだけであとは無限に続くとは……恐ろしい程の効率性ですな！」

グリモの言う通り、魔術により生み出された音が新たな魔曲を紡ぎ、更なる魔術を発動させている。

一つの魔術で何回も美味しく、更にいい音も出るという。

とはいえ手を加えなければ徐々に減衰していくし、何らかのノイズが入った場合は効果が発現しないのでそこまで万能ではないが。

「聖王の魔曲、そしてサリアの音に合わせたから出来たことだな」

魔曲による魔術無限ループ。

とはいえこのやり方は楽器を使わないから、普通の演奏ではメチャクチャ怪しまれてしまう。

こういう状況でもなければとても使えないが、今なら誰もそんなことに注目する余裕はないので問題なし。

さて、物のついでだ。更に上げていくぞ。

――♪

「ロイド……！　ふふ、ようやく理解したわ。これがあんたの独自性ってワケ。……いいわ。今回は負けを認めましょう。でもこれから何度でも付き合って貰うわよ。言っておくけど私の闘争心はもう二度と折れないから、覚悟しておくことね」

サリアが何やらブツブツ言ってるが、ともあれようやく曲が安定してきたようだ。

三人が俺に追従し、思うままに魔曲を奏で続ける。

――♪

音が響く魔術によって奏でられる音の渦、それはまるで降り注ぐ極彩色の雨のようだ。

うん、俺は音楽に大して興味はないが、様々な術式の織り成す様を見るのはとてもいいものだ。

こういう形式ならたまには演奏してもいいかもな。

そんないい気分のまま、曲は終わりを迎えるのだった。

◇

――あまりに素晴らしすぎる演奏の余韻で周囲は静まり返り、誰一人声を上げず、固まっている。

目に見える範囲の観客は全員が涙を流し、歓喜に打ち震えているように見えた。

耳に届くのは疲れ果てたイーシャたちの荒い呼吸音だけであった。

そんな静寂の中、一筋の雷が瞬く。

轟音(ごうおん)と共に稲光が落ちてきたのはステージ裏のテント周辺だ。

吹き飛んだテントの残骸を突き抜けて、空高く舞い上がるのは人の影。

「ふはぁ――――っはっはっはァ――――！　我、復活せり！」

両腕を組み大声を張り上げるのは言わずもがな、ベアルだ。

完全に回復しているようで、コニーの全身を黒い魔力体と黒い仮面が覆っている。

おお、どうやら成功のようだな。

試算では二割程度回復すれば上等だろうと思っていたが、俺たちで演奏レベルを上げ過ぎたからか想定以上の効果が発動したらしい。

ベアルの魔力ははち切れんばかりに満ち溢れており、以前よりも力強く感じるほどだ。

「おおっと、人間どもの前であったな。くくっ、ここは一つ自己紹介といこうではないか。――さぁさぁ。遠からん者は音にも聴け、近くば寄って目にも見よ！　我こそ魔王ベアル！　魔界を統べる王たる存在である！　ひれ伏すがよい！　ふはぁーっはっはっはァ！」

大笑いするベアルだが――その場の全員、俺以外は誰も声の方を向きはしない。

サリアは突っ伏すように倒れ、イーシャは歌い疲れたのか寝転がり、アルベルトたちは感激のあまり意識を失い、観客たちは放心しているようだ。

「……あ、あれ……？　おーい、我は魔王なのだが……お、おい一体何がどうなっているのだロイド⁉」

「どうやら俺たちの演奏で皆、意識を失っているようだな」

演奏の途中から客たちがバタバタ倒れていた。

俺たちの演奏は刺激が強すぎたのだろう。サリアたちも疲れ果てて気を失っているくらいだしな。

どうやら限界を超えすぎてしまったようである。

「お、おう……そうであるか……まぁ人間どものことはいい！　我の目当ては聖王！　貴様だ！　今こそ雪辱を晴ら――――す！」

びしっとステージを指差すベアルだが――聖王はいつの間にか姿を消していた。

「なにぃ――――っ⁉　ど、どこへ行きおったのだ聖王の奴はっ⁉」

「お前が出てくる前にどこか行ったぞ」

演奏が終わるや否や、聖王はどこかへと消えていったのである。

恐らくこの演奏がどういう効果をもたらすのか知っていたんだな。

「だが知ってて協力をしていたのだとしたら……あいつは一体何を考えてたんだ？」

元々魔王を封じに来たはずなのに、その復活を手助けするような真似をしたのだ。一体どういう理由で？　そうまでしてサリアへの責任を果たした？　もしくはベアルが本当は危険ではないと判断した？　……全く意図が読めないな。

「おーいロイドー？　お主まで我を無視するのかー？　我の扱いがあまりにひどくはないかー？」

ベアルの泣き言を放置しながら、俺は思案を巡らせるのだった。

◆

「貴様、どういうつもりだ？　何故魔王の復活に手を貸した」

「んー？」

夜闇の中、ギザルムの問い掛けに聖王は間の抜けた声を返す。

「貴様の目的は魔王封印なのだろう？　何故真逆のことをしたと聞いている」

「……なんでだろうねぇ。よくわかんないや」

「おいおい……」

「強いて理由を言うなら、その方が面白そうだったから、かな。いやぁこの仕事、意外とストレスが溜まってさ。たまーに言われるままじゃなく、自分が思った通りに動きたくなるんだよねぇ」

「……ククッ、ふざけた理由だ。神の使いたる聖王失格だな」

「人のこと言えるのかい？　君だってあのメガネガールに助言なんかしていたじゃあないか。魔族ぅ～？」

見ていたのか、と舌打ちをしながらギザルムは答える。

「……気まぐれだ」

「僕もさ。でもそういうのこそ楽しめるんだよねぇ」

同感だ、と呟くギザルムを見て聖王はくすくすと笑う。

「なるほど。貴様、普段は何も考えていないアホにしか見えんが、正確には何も考えないようにしているだけなのだろう？　ククッ、余程神とやらが気に食わんと見える。聖王などというくらいだから堅苦しくつまらん男かと思ったが、存外面白い奴のようだな」

「僕も君のことは嫌いじゃないぜ。ギザギザくん」

「抜かせ、人間」

軽口を叩き合いながら、聖王は夜空を見上げる。

「神、か……」

ポツリと吐いた呟きが、冷たい風に流され消えていった。

◆

皆が気を失っているその隙に、俺たちは会場を後にした。

コニーが寝ていた部屋で俺はベアルが意識を失っていた間のことを話す。

「――とまぁこんなことがあったのさ」

「ふぅむ……我の倒れてる間にそのようなことがな……くっ、何とも間抜けなことだな」

復活したベアルが自嘲すると、ここぞとばかりにジリエルが飛び出した。

「そうだぞベアルよ。お前は聖王に一方的にボコられ、しかもその演奏で以て復活したのだ。まさに道化、反省するのだな！」

「……騒ぐな羽虫。消すぞ」

「ひぃっ！　ろ、ロイド様……！」

が、ベアルに一睨みされ、ぴょいっと俺の手の中に隠れてしまう。

……弱い。だったらいらんこと言わなきゃいいのに。

「まぁクソ天使の言葉にも一理ありやすけどね。聖王は実際大した奴でさ。下手にリベンジしてもまた負けちまいやすぜ」

「……ふん、前回は本気じゃなかっただけだ。次こそ必ず倒して見せるとも。ふはは！」

不敵に笑うベアルだが……三下のチンピラみたいで恥ずかしいぞ。魔王としての威厳はどうした。

俺としても聖王との再戦は是非見てみたいが、このザマじゃまたすぐにやられてしまうだろうなぁ。

「な、なんという目で見るのだロイドよ！　言っておくが我が真の力はあんなものではないのだぞ⁉　あの力を使えば聖王などモノの数にもならぬ！」

「へーそうなんだー……」

「むぅ……信じておらんな？　魔族の秘伝ともいえる究極の奥義、『融合』の力を！」

「『融合』？」

興味深げなワードに食いつくとベアルはしたり顔で言葉を続ける。

「うむ、魔力体である我らは融合することで、凄まじいパワーアップを果たすのだ！」

「へぇ……なんかありがちだな」

魔力体なら付けたり外したりは難しくなさそうだが、それじゃただの足し算に過ぎない。大したパワーアップは出来ないと思うけどな。

「お、おい！　何を再び白い目を向けているのだ⁉　ほ、本当にすごいのだぞ⁉」

「ふぅーん」

「……まだよく分かっておらぬようだな。よかろう、ならば見せてくれる！　いでよ者ども！」

ベアルの言葉と同時に、その周囲に魔力の塊が生まれる。

それは人の形を作り出し……って何か見たことある奴らだな。

「ほんの一ヵ月ほど前のことですぜロイド様！」

「あの激戦を忘れたわけではないでしょう！　ほら学園で襲ってきた……」

「……あぁ、いたなぁそんなの」

言われてようやく思い出してきた。

確か魔軍四天王とか何とかいう奴らだっけ。

「……ふん、ようやく思い出したようだな。そうとも、こやつらは我が直属の四天王――緋（ひ）のヴィルフレイ、翠（みどり）のガンジート、蒼（あお）のシェラハ、黒のゼン。魔王たる我が封印を破るべく命を捧げたが、その核は我が中で休眠しているのだ。こやつらと融合すれば我が力は数倍にも膨れ上がる！　さぁ行くぞ者ども！　融合ッ！」

眩い光がベアルを包み、その魔力体が重なっていく。

こいつらはベアルと比べれば一割程度の魔力しかない、言っちゃ悪いが雑魚である。

こんなのが融合しても大して強くなるとは思えんが……ともあれ現れたのはほんの少し

姿が変わったベアルだった。

「おお……よく見れば外見にちょいちょい四天王たちの特徴が表れてますな」

「むぅ……凄まじい魔力の奔流を感じます。これが融合なのですね」

グリモたちが唸るのもわかる。確かにすごい魔力だ。もとの二倍……いや三倍近くあるだろうか。ただの足し算ではこうはならない。

ただそれでも聖王の魔曲をねじ伏せるには、足りない気がする……

「っていうか三人しかいなくないか？」

四天王と融合したはずだが、さっきは三つの魔力体しか見えなかった。

「何ぃ――――っ⁉　本当だ！　三人しかおらぬではないか！　ヴィルフレイ！　どこへ行ったのだヴィルフレイ――――っ⁉」

どうやらベアル本人も気づいてなかったらしい。

気づかれなかった奴、可哀想すぎる。

しかしどれだけ騒いでももう一人は出て来ない。

「ヴィルフレイというとロイド様が最初に倒した奴でございますね。細切れにして消滅させてしまったので、ベアルに吸収されなかったのやもしれません」

「あの灰魔神牙はそりゃもうスゲェ威力でしたからな。しかも手加減なしで撃っちまったでしょう？　無理もねぇや」

うんうんと頷くグリモとジリエル。

初めての自作魔術で気合入ってたからなぁ。どうやらやり過ぎてしまったらしい。

「ぐむむ……すぐ霧散する魔族の核を完全に破壊するのはそう簡単なことではない。しかも四天王たるヴィルフレイをとなると、我とて簡単ではないが……そこは流石ロイドと言ったところか」

ベアルが何やらブツブツ言ってるが、もしかして俺への恨み言だろうか。

知らなかったとはいえ、悪いことしたなぁ。

「あーその、すまんベアル」

「仕方があるまい。お主らとて互いに譲れぬ思いがあったであろうからな。しかし参ったぞ……四天王が全員いなければ我が完全な力を得るのは叶わぬ。ヴィルフレイ程の魔族はそうおらぬし、いたとしても融合には魔力の波長が合わねばならぬから、調整には時間がかかるし……うむむ」

「そういうことなら俺が手を貸そう。責任は俺にもあるしな。ヴィルフレイの代わりがいればいいんだろう？　だったら――」

言いかけた俺の言葉をグリモが慌てて遮る。

「ちょちょちょ、ロイド様！　まさか俺を代わりに差し出すつもりじゃねぇでしょうね⁉　文字通り手を貸すってそりゃねぇですぜ⁉」

「そうですロイド様！　そりゃこの魔人なら代わりに使えるかもしれませんが、それは幾らなんでも可哀想というものですよ！　あ、私は勿論嫌ですからねっ！」

慌てて声を上げるグリモとジリエル。自分たちを差し出されると思ったようだ。

「……何言ってんだ、二人共。俺がそんなことをするはずがないだろう」

「いやぁロイド様ですし、面白そうだとか言いそうだと思いやして……」

「そ、そうですね……いくらロイド様でもそこまでは……すみませんでした」

全くひどい誤解である。俺の意図は全く違うというのにな。

「ベアル、俺が代わりになってやる」

「……は？」

きょとんと目を丸くするベアル。グリモとジリエルも呆気に取られた顔をしている。

「ええと……ロイドよ、何やら妙な発言が聞こえた気がしたのだが……」

「だから俺が代わりに融合してやると言ってるんだが」

その『融合』とやら、実に興味深い。

グリモたちにやらせるのは勿体無いというものだろう。

魔力体同士で互いに混ざり合うことでより強い存在となる……どうせなら実際にやってみたいからな。うんうん。

「何言ってんすかロイド様ぁぁ！　人間と魔族が融合とか出来るわけないでしょ！　どうなっちまうかわからないいんですぜ⁉」

「そうですよロイド様！　幾らなんでも危険すぎます！　というか流石に出来ないのでは⁉」

「やってみなけりゃわからないだろ。それに俺自身が融合するってわけじゃないぞ」

そう言って手をかざすと、魔力を集中させていく。

作り上げるのは俺自身の魔力体だ。

四天王たちとの戦いで魔力体をコントロールする方法は覚えたからな。今では一からそれを作るのも難しくはない。

「お、おお……ロイド様そっくりの魔力体が出来ちまった……しかもこの強さ、四天王クラスはありやすぜ」

「しかもこの感じ、あの消えた魔族の魔力波長と瓜二つです！　しかしロイド様は奴のことは微塵も憶えておりませんでしたよね⁉」

確かにヴィルなんとかのことは完全に忘れていたが、一応初めて戦った四天王だから

な。じっくり中身を観察したからよく憶えていたのだ。……ガワは憶えてないから俺にな
ってしまったけどな。

魔曲作りで魔力波長を読み書きする方法も覚えたし、動かさなくていいならこれくらい
はそう難しくはない。

「いやいや、魔力で出来てるとはいえ俺たちの身体は人と同じくれぇには複雑だ。魔力の
構造、循環の具合、その他諸々俺ら本人にすらよくわからねぇのによ、観察したからって
そう再現できるもんなのかぁ？」

「否、魔術の申し子たるロイド様だからこそで可能なのだ。術式に対しての理解は魔力体
への理解と通じる部分があると聞いたことがあるし、自身で人工生命すら作り出せるロイ
ド様なら、自身の魔力体を作るくらいは容易いのかもしれません」

ベアルは俺の魔力体をじっと見つめると、うむむと唸る。

「ふぅむ……流石はロイドよ。ここまでヴィルと似た魔力波長であれば、確かに融合も可
能であろう」

「だったら早速！」

「しかし融合は魔力体同士を強く結びつかせる禁術の一つ、ひとたび我と融合すればその
魔力体は我が身体と完全に一体化し、二度と元には戻れんぞ？　それでも良いのか？」

「何か問題でもあるのか？」

「それはお前……仮初とはいえ自分で作った命だぞ？　愛着の一つくらいあるであろうが」

「別に……」

信じられないといった顔で絶句しているベアルだが……俺、何かおかしなことを言っただろうか。

魔力は魔力でしかないと思うのだが。

きょとんとしているとグリモとジリエルが各々ベアルの肩を叩く。

「ベアルの旦那は知らねぇかもしれねぇが、ロイド様はこういう人なんですぜ」

「ええ、人知の及ばぬお方なのです。まともな反応は期待せぬ方がよいでしょうな」

……なんだかひどい言われようだが、それより融合の方が大事だ。

「というわけだからやってくれ」

「う、うむ……そういうことなら……」

不承不承といった顔のベアルだったが、ようやく納得したようで融合を始める。

「と、とんでもねぇ魔力量ですぜ……今までのベアルの旦那でも凄まじかったがこいつはまさに異次元、圧倒的魔力の奔流でさ！」

「えぇ……これが魔族の融合……我々天使にも似たような術はありますが、これとは比べ物にもなりません。こんな分厚い魔力を纏えば、そりゃあ魔曲も効かないでしょう！」

あっという間に膨れ上がる魔力は凝縮され、また人の形を取り始める。

姿は妙に俺に似ているが、悪魔のように角と尻尾が生え、身体を覆う黒い刺青のような模様が刻まれていた。

「くくく……ふはははは！　なんという力だ！　笑いが止まらぬとはこのことよ！　四天王全員と融合したとてここまでの力は得られまい！　これがロイドの魔力体か！　凄まじすぎるぞ！　ふはーっはっ――――」

突如、ベアルの笑い声が止まる。がくりと膝を折り、蹲った。

「が……ぁ……ッ⁉　な、何だ……何かが……身体に入ってくる……こ……れは……ッ⁉」

もがき苦しむベアル――俺もだ。

何かに無理やり押し込まれるような感覚。気持ちが悪い。息が苦しい。視界がぐるぐる回っている。

……しばらくして、ようやくそれが収まった。

「いたた……なんなんだ今のは一体……」

起き上がってみるがどうもおかしい。

力の入り具合がよくわからないというか、自分の身体じゃないような感覚である。

声まで違って聞こえるし、視界もなんだか変だ。

「ん、目の前で誰かが倒れているぞ？」

どこかで見たような後ろ姿だが……

「ロイド様……ちょ、そいつは一体どうなってるんですかい⁉」

「どうしたグリモ、何かあったのか？」

「かかか、鏡をご覧ください！　自身のお姿を！」

「？」

言われるがまま部屋に備えつけてあった鏡に目を向けると——そこに映っていたのは俺、ではなく融合したベアルの姿であった。

「な、なんだこりゃあ？　なんで俺がベアルになってるんだ？」

しかも床に伏せているのは俺本来の身体だ。

触ってみるが反応がない。意識がないようだ。

そりゃまぁこっちの身体にいるんだから当然と言えるが。


「うぉいロイドよ！」

「わ、びっくりした」

突如、身体の中から響く声。ベアルだ。

「先刻、お主の意識が我を侵食する感覚があったぞ！　一体何をしおったのだ⁉」

「いやぁ、特に何もしてないつもりなんだが……」

「大丈夫ですかいロイド様。なんだか身体が変わっちまったようですがよ」

「ロイド様の魂が抜け出たように感じました。それに付随するように我々も……これは一体……」

グリモたちもこっちの身体に移っているようだ。全員が困惑している。俺も何が何やらだ。

「どうやらロイド君の意識が丸ごと私の身体に入ったみたいね」

またも身体の奥から聞こえてくるのは、コニーの声。

身体の中から声が響きすぎる。カオスだ。

「ロイド君てば分析する為に、作り出した魔力体に意識を共有する術式を組み込んでいたでしょう。そのせいで融合時に意識が引っ張られ、私の身体へと移ったんだと思う」
「思いっきりやらかしているではないかっ！」
すかさずツッコミを入れてくるベアル。
そりゃ融合なんて面白そうなことをするんだし、どういう状態なのか知りたかったから
それくらいするだろう。
「だがあくまでも組み込んだのは共有術式だけだぞ。それごと融合したとしても本来なら
ベアルの方に身体の優先権があるものじゃないのか？」
「それだけお主という存在が強大なのだ。融合は魔力体、即ち術式も意識も何もかも一体
化するが故に凄まじい力を生み出すのだからな」
言われてみれば単純な意識の共有とは違った一体感がある。
それにしても術式から俺の意識まで何もかも引きずり出すとはとんでもないな。どれだ
け強力な結合なんだか。

「……しかし参ったな。一度融合した魔力体は分離不可能だぞ」

「そう言えばそんなこと言ってたっけ……あ！」

ようやく事態の大きさに気づいた俺の背筋が凍る。

なんてことだ。非常にマズいぞこれは。

「ふん、その通り。これから我とお主は一心同体、何をするにも常に一緒なのだ。魔族と

人が一つの身体なぞ、お互い色々と面倒であろう。……だがまぁ、我は別に構わん。お主と一緒なら退屈もせんだろうしな」

頬を掻きながら照れ臭そうに呟くベアルの横で俺はポツリと呟く。

「アルベルト兄さんたちにバレたらどうしよう……」

「って心配するのはそんなことかぁっ！」

そんなことってなんだ。俺にとっては大ごとなんだぞ。

毎日シルファたちが俺の面倒を見に来るし、アルベルト兄さんたちもしょっちゅう世話を焼いてくるのだ。

ありがたい面もあるとはいえ、正直ちょっと……いやかなりうっとうしい。精神的に重いのだ。

俺がベアルと融合してこんなことになったと知られたら、どういう反応をされるかわかったものではない。

泣かれるか怒られるか、何にせよ面倒なことになるのは確実だろう。

最近はそれなりに信頼を得ていたからか自由にさせて貰っているが、厳しい監視をされるようになるのは確実。そうなればまともに魔術の研究が出来なくなってしまう。それは困る。

「とにかく何とかして融合を解除せねば」

「お、おい融合の解除は出来んと言って……」

ベアルの言葉を無視して体内に意識を集中させていく。

探すのは魔力体内部の綻び、きっとどこかにその繫ぎ目があるはずだ。

それを探して見つければ……、……、……くっ、駄目だ。見つからない。

しかし魔力粒子一つ一つが融合する感覚はまさに生命の誕生を思わせるものだ。まさに奇跡、素晴らしい。

「……って感心している場合じゃない。そうだ。なければ無理やり作ればいいんだ」

魔力体といえど全ての魔力濃度が完全に均一というわけではない。俺やベアル、コニーにグリモとジリエル、更には四天王とこれだけの存在が混ざり合っているのだ。

必ずどこかに隙間はあるはず。探していると……見つけた。ここが最も弱い部分だ。そこへ意識を集中させる。

この手の作業はイメージ力が大事だ。体内に俺の意識が囚われているとして、その部分を引きちぎる感じで……よいしょ。

ぶちっ、と何かが断裂する感覚。

強い痛みと喪失感。片足をぶった切られたらこんな感じなのだろうか。

それでも成功はしたようで、俺の中から何かがずるりと出てくる。

黒い魔力の塊が次第に色と形を取り戻していく。出てきたのは——コニーだった。

「あ、あれ……私……」

不思議そうに辺りを見回すコニー。

目を丸くするコニーだが、驚いているのはこっちだ。

一番繋がりが弱い部分を切除したつもりだったが、最初からベアルと繋がっていたコニーが出るとは想定外である。

「コニーは唯一実体を持つ人間だからであろう。ちなみに現在最もこの身体を占有しているのはお主だぞロイド」

「……参ったな」

ってことはこれ以上の繋ぎ目はないってことだ。

実際やってみたらすごく痛かったし、これ以上切り離すのは難しいな。

「仕方ない。別の方法を探す必要がありそうだな」

「いや、無理だと言ってるのだが……」

「ロイド様に無理って言葉はむしろ逆効果ですぜ、ベアルの旦那。この人は俺らの遥か想像の先を行ってるんだからよ」

「むむむ、確かにロイドなら何とかしてしまいそうな気もするが……いやしかしなぁ……」

グリモとベアルが何やらブツブツ言ってるが、何か方法がないかと考えるのに忙しくそれどころではない。

……いやでも折角だからこの身体の実験もしたいよな。魔力体を実際に扱える機会なんてそうないだろうし。

「ロイド様、邪念が漏れておりますよ」

「おっとそうだった」

いかんいかん。真面目に対策を考えないとな。皆がフェスの疲れで寝静まっている今がチャンスなのだ。

実験は落ち着いてからでも十分である。誰かに気づかれる前に――

「ロイドー？　あ、ここにいた」

なんて言っている間に扉を開けて入ってきたのは、メイド姿のレンだ。

「おわっ⁉　れ、レン！」

「……ロイド？　何その恰好？　角なんか生やして」

俺の姿を見るや目を細め、首を傾げるレン。

ここは大人しく説明した方が良さそうだ。

「あーその、実はかくかくしかじかでな」

「え？　ロイドってば魔族になっちゃったの？」

「正確には魔王と融合してしまったんだ。ちなみに身体はあっち」

「うわぁぁぁっ⁉　ろ、ロイドが死んでるぅぅぅっ⁉」

駆け寄って抱き起こすレン。こらこら、勝手に殺すんじゃない。

「……あ、ほんとだ呼吸してる」

「あぁ、だが意識がこっちに入ってしまって分離が出来なくなったんだ。そこでレン、コニー、二人で俺が戻るまで、どうにか他の者たちを誤魔化して欲しい」

「ボクたちで……？　寝たきりのロイドを……？　む、難しくない？」

「無茶は承知だ。グリモとジリエルに俺の身体を預けることも考えたが無理そうだしな」

二人ともこの魔力体と混じっており、分離することは出来そうにない。

というわけでレンとコニーに頑張ってもらうしかないのだ。

「うーん、でもシルファさんを誤魔化すのは無理だと思う」

「そうだね。せめて寝たきりじゃなければまだしもだけど……」

顔を見合わせ頷く二人。……そうだな。相手は僅かな違和感にすら気づくシルファだ。寝たきりで誤魔化すのは無理がある。

「じゃあ制御系統魔術を使って――と」

俺自身の性格を模倣したものを術式化し、張り付けてみる。

だいぶ深くまで術式を弄れるようになった今だからこそ出来ることだ。

しばらくすると俺の身体がゆっくりと目を開くと、爽やかな笑みを浮かべた。


「やぁレン、コニー、おはよう。二人共、今日も可愛いね」

「げほっっっ！」

吹き出すレン。コニーは固まっている。

「こんな可憐な美少女二人に世話して貰えるなんて、あぁ俺はなんて幸運なんだ！」

くるくるとバカ踊りをしている俺の身体にその場の全員が固まる。

「な、なんですかいこいつはよ……」

「あまりにもロイド様の性格とは似ても似つきませんよ！」

「むぅ、失敗か」

やはりどうも自分の性格を模倣するってのは難しいようだ。

これじゃあ誤魔化すのは難しいか。

「……いや、でも逆にイケるかも。シルファさんとか喜びそう」

「うん、時々グリモやジリエルに任せて出かけてるみたいだけど、皆、案外気にしてないもの。私たちがフォローすれば多分大丈夫かも」

と思ったら二人の評価は上々のようだ。……というか二人に任せて外出してたの、バレバレだったのか。

まぁ俺は地味な第七王子だからな。皆もそこまで気にしてないのかもしれない。いやーよかったよかった。

レンとコニーが白い目を向けてくるが多分気のせいだろう。

「しかし聖王へリベンジするって話から、とんでもないことになっちゃったな。面白そうだからって、あまり興味本位で動くのも良くないか。……それにしてもあいつ、どこへ消えたんだろうな」

——演奏直後に消えてしまった聖王だが、隣にいたにもかかわらずその気配を全く感じなかった。

聖王、か。不思議な奴だが、結局何者だったのだろうか。

◆

「――これはどういうことなのだ？」

真っ白な空間に声が響く。それを受けバツが悪そうにしているのは聖王だ。

向かい合う白いヴェールの向こうには人の影があり、そこからは厳かな空気が発せられていた。

「余は魔王を殺してこいと言ったはず。にもかかわらず貴様はトドメも刺さず、更には奴が復活するのをむざむざ見過ごした。神たる我が言葉に逆らった理由、聞かせて貰おうではないか」

静かな、だが強い口調。決していい加減な弁解は許さないという意志が感じられた。

そんな神の圧力にさらされながらも聖王はヘラッと答える。

「そうですねぇ神サマ？　僕は常々思っていたんですが、魔族だからといってまだ何も悪さをしてない者を倒す必要ってあります？」

聖王は声の主を神と呼ぶと、つらつらと言葉を並べ始める。

「そりゃ大概の魔族は人なんて虫くらいにしか思ってないし、同族の命ですらゴミ以下に思ってるフシすらある、まさに邪悪の権化みたいな奴らばっかりですよ？　教義で悪と断じられるのも無理はないし、その親玉を殺せというのは十分理解出来ます。しかし聖王である僕くらいは倒す命が悪かどうかを確かめる必要があると思うんですよ。なんでまぁ、魔王ベアルの正体を見極めようとしたワケでしてね？」

「ほう……で、どうであったのだ？」

「まぁ類に漏れずとっても好戦的で野蛮な奴でしたけどね。殺されるかと思いました。ガチで。はっはっは」

聖王は笑いながら言葉を続ける。

「国を挙げての歓迎祭の中、突如結界に囚われたかと思うとそのまま襲われちゃいましたよ。いやぁ、大地は割れ、空は裂けとはまさにこのこと。魔曲でどうにか凌げましたが、次は死なない保証はないって感じでしたね」

「ならば何故、トドメを刺さなかったのだ。奴は危険極まりない存在だったのであろう？」

「それだけだったから、ですよ。彼は僕を倒そうとはしましたが、他の人間を巻き込もうとまではしなかった。そんなただの乱暴者を一方的に悪と断じるなんて、平和主義者である僕としてはとてももとても――」

やれやれとばかりに聖王が首を横に振ったその時、辺りに豪風が吹き荒れる。

神の怒りを表すかのようなその嵐は次第に勢いを増していく。

「ふざけるのも大概にするのだな。力には責任が伴う。聖王の座は覚悟なき者に与える程、安くはないのだぞ」

「――おいおい、それはこっちのセリフだぜ」

不意に聖王の口調が変わる。

静かに、そして強い口調。それは今までの聖王とは全く違って見えた。

「教義ではあらゆる命には等しく意味があるんじゃないのかよ。なのに魔王ってだけで最初から殺しにかかるなんて、そんな雑な奴にあらゆる存在を裁く資格があるとは思えないな」

「貴様……！」

神は強い怒気を帯びた様子で威圧するが、聖王も負けじと応ずる。その押し合いは激しい嵐を生み出していた。

それに煽られ、二人を挟むヴェールがばたばた暴れる。

「相手を知りもせずに殺すなんてやり方は、余裕のない弱者にのみ許されたことだ。弱肉強食の世界において、それはある意味仕方ないだろう。でも僕は聖王、圧倒的強者である神の言葉を伝えるという立場なんだ。故に相手の言葉を聞き、行動を見て、その上で判決を下す義務がある。天界の主、神であるあんたがそんな雑な判決を下すのを許せるわけがないだろう」

「愚か者が！　そうして対応を遅らせた結果、守るべきものが滅びたらどうするというのだ！」

「だからそいつは！　弱者の理屈と言ってるんだぜおじいちゃん！」

聖王が吠える。いつもの腑抜けた顔ではなく、真剣な面持ちだ。

吹き荒れる威圧の奔流が彼の髪を靡かせる。

「『俺』はあんたの命令で色んな奴らを見てきた。強い奴、弱い奴、良い奴、悪い奴、清廉な奴、汚い奴、フェアな奴、卑怯な奴、事情がある奴にない奴、人間、亜人、そして魔族……強い魔族が悪い魔族をまとめ、周囲の被害を防ぐことだってあるし、弱い人間が強い人間を扇動し混沌をもたらす事だってある。誰が悪か善かは簡単にわかることじゃあない。なのにあんたは処罰対象を適当に選んでいるようにしか思えない」

「……余にはそれがわかるのだ」

「嘘をつけよ。この間指定された亜人を倒したら、その地の封印が解け魔物が溢れたぜ。その前は人間を倒したらその地で大きな反乱が発生した。それだけじゃない。似たような事例はわんさかあったよ」

聖王の脳裏に浮かぶかつての記憶。

命じられるままに力を振るい、その度に混乱を招いていたことを。

その度に膨れ上がる疑問、それを胸に仕舞い込み、いつしか心を閉ざしていたことを。

「そんなザマで本当に神と言えるのかよ。僕にはそんな恥知らずな真似、とても恥ずかしくてできないぜ」

不意に、吹き荒れていた威圧の嵐が止む。

戸惑う聖王。ヴェールの向こうでは神がゆるりと頬杖を突いていた。

「おっと、何か言い訳を考えついたのかい？　それともシャッポを脱いじゃう？　さぁ僕を説き伏せてくれよ。神の知恵ってやつでさぁ」

煽る聖王に神はただ、冷たい視線を向けて言う。

「……残念だ。お前には目をかけていたのだがな」

瞬間、光が溢れる。それは聖王を包み込み――

「ッ⁉　ま――」

言い終わらぬ内、周囲を全て純白に染め上げた。

そして――聖王はその姿を消しており、ヴェールの向こうでは神がふんと退屈そうに息を漏らすのだった。

◆

「さて、どうしたものか」

城を抜け出した俺はベアルとの融合を解除するべく色々なことを試した。

――瞑想。

意識を集中させることで自身の魔力を隅々まで掌握することでどうにか出来るかと思ったが……ダメだった。

結びつきというよりはもはや同化しており、この身体から俺の意識を抜き出すのは出来上がったプリンから生卵を取り出すようなものだ。やはりベアルの言う通り、融合分離は難しそうである。

――破壊。

ならばと自身の身体を極限まで痛めつけることにする。

武術家などが肉体を限界まで追い込む荒行だ。当然魔術師にも効果はあるが、これもダメ。

何せこの身体はベアルを始めとした高位魔族が融合してできた魔力体であり、全力で岩に突っ込んでも、深海に沈んでも、寒い所でも暑い所でも全く何の負荷もかからないのだ。

――封印。

ならばと封印魔術を自身に撃ち込むも、あまりにも俺の魔力が強すぎて封印術式がまともに起動しない。

魔術というのは様々な制限が設けられており、それを超えた魔力を込めると術式が破壊されてしまうのだ。

制限の緩い簡単な魔術ならともかく、高度なものはオリジナルで術式を作るくらいの手間をかけねばならない。それはそれで楽しそうだが時間が無限にかかる。というわけでこれもダメ。

「いやぁ参った。戻る方法が見当も付かないぞ」

凄まじい破壊の跡を見ながらぽつりと呟く。

「だから二度と分離できないと言ったではないか……ってなんで楽しそうなのだお主はっ！」

「そう言われると逆に燃えてくるんだよ」

この手の試行錯誤は楽しいんだから仕方ない。とはいえ手詰まりだな。

思いつくあらゆる魔術的アプローチは全て試したが、ダメだった。

サルームから小一時間ほど飛んだ海にあった無人の超巨大氷塊大陸、ここで様々な実験を行ったわけだが周囲はバッキバキに割れている。

いやはや、派手にやらかしたな我ながら。

「ロイド様、巻き添えを喰らった海獣どもがぷかぷか浮いてきてやすぜ」

「氷から落ちてしまったようですね。こちらを責めるように見ております」

「おっと、悪いことをしたな……少し待ってろ」

指先を軽く動かし、氷の大陸を宙に浮かす。

それを魔術で元通りにくっつけた後、海に戻した。

ざばぁん、と大波が海獣たちを飲み込み、津波は近くにあった島を水浸しにする。

「……大陸割っちまうくれぇだから今更驚きはしませんが、あれだけの氷塊を粘土みてぇにくっつけたり切り離したりしちまうとは……以前はここまで出来なかったんじゃねぇですかい？」

「爆発的なまでの魔力の奔流、しかもまだまだ余裕がありそうですね。まぁロイド様があの魔王と融合したのですから、これくらいは当然なのかもしれませんが」

ドン引きしているグリモとジリエル。

二人の言う通りこの身体は俺から見ても異常だ。

特に魔術も使わず、ただの魔力の放出だけで大陸を丸ごと浮かせられる上に殆ど魔力を使ってないときたもんだ。

元々の俺でも、ここまでの芸当は大規模魔術クラスを使わなければ無理である。

とはいえ先述の通り、今の俺は魔力が多すぎるせいで高度な魔術はそのまま使えず、手に余る。あらゆる魔術を極めたい俺としてはあまり喜んでばかりもいられない。

レンたちもそう長く誤魔化し続けられるとは思えないし、あまりのんびりしている暇はないんだよなぁ。

「ふむ……融合を解除する方法はない。……が、そういえば何代か前の魔王が天界に攻め入ったという話があったな」

不意にベアルが何かを思い出したように語りだす。

「――暴食の魔王グラトニー、融合によりあらゆる生命を取り込んだ奴は、歴代でも最強と謳われている魔王だ。元は小さな魔物だったが、様々な魔物、魔人、そして魔族を喰らい続け、最大最強たる暴食の魔王と呼ばれるようになったらしい」

「お、俺も聞いたことありやすぜ！　戦うと決めた場合には入念な下調べを行い、相手が自分より強いと見るやすかさず逃げ出す……決して負ける戦いはしなかったとか」

絶対に負けない方法はとどのつまり、戦わないことだからなぁ。

それを徹底することで魔王になったと。なるほど理に適って(かな)いる。

「しかしそんな奴が何故リスクを冒してまで天界に攻め入ったんだ？　理屈に合わないぞ」

話に聞く限りではそいつは臆病と言ってもいい性格だ。

己から危険な場所に赴くとは思えないのだが。

「魔界最強となったグラトニーはその強さから神に目を付けられたのだ。魔界には連日のように天使の軍勢が押し寄せ、ついに命の危険を感じた彼は天界へ攻め入ったのだよ」

「やられる前に、というわけか。それでどうなったんだ？」

「うむ。奴が天界へ赴いた後の三日三晩、天から無数の魔物や魔人、魔族が降り注いだらしい。その中にはかつてグラトニーが取り込んだ者たちもいたそうだ。激しい戦いの後、天界は静寂を取り戻しグラトニーは帰って来なかったと言われている」

「最強の魔王も神には敵わなかったと」

ベアルも聖王相手に負けてたからなぁ。

やはり神聖魔術の元となる力だけあって、神の力というのは魔族に対して効果が高いようである。


「ん……てことは天界には融合を解除する手段があるってことか！」

「恐らく、としか言えんがな」

頷くベアル。先刻色々試したが、この融合とやらは恐らく死んでも解除されないだろう。

にも拘らず暴食の魔王の融合が解かれたということは、天界には俺が元に戻るカギがある、ということだ。

「そういえば聞いたことがあります。天界64神より更に上に立つ唯一神の前ではあらゆる存在はその姿を偽ること叶わず——融合によって変じた者もその限りではないということでしょうか」

「てことはその神っつーのに会えば、ロイド様も元の姿に戻れるっつーことですかい？」

「……決まりだな」

天界に行って神に会い融合を解除してもらう。

ついでにそのやり方を見て融合を更に分析、自在に行えるようにすると。

うん、ワクワクしてきたぞ。

◇

「ってことで行くとするか。ジリエル、先に天界へ行ってパスを通してくれ」

「ははぁっ」

天界へ行くには次元の壁を越えねばならない。

だがそこは真っ暗な闇のようなもので、向かう先に目印がなければ移動することは出来ないのだ。

というわけで天界の住民であるジリエルを先に向かわせようとしたのだが――

「お、お待ちくださいロイド様！」

慌てた様子で声を上げるジリエル。一体どうしたのだろうか。

「たたた、大変です！　次元の扉が閉ざされています！　このままでは天界へ行くことが出来ません！」

「おいおい、ついに天界から追放されちまったのかよクソ天使？」

「そんなわけがないだろう馬鹿魔人！　……多分、そんなことはない、はず……！」

言い返しながらも弱気なジリエル。

ふむ、異常事態か何かだろうか。それともずっとこっちに居続けた弊害か。

「よくわからんが……まぁ別に問題はないと思うぞ」

「……え？」

きょとんと目を丸くするグリモとジリエル。

俺は構わず空間転移術式を起動させる。

「無理やり破ればいいだけの話だ」

「や、やべぇですってロイド様！　パスもなしに次元の壁を越えるなんてあまりに無茶だ！　深海に落ちた砂粒を見つけ出すようなものですぜ！」

「その通りです！　次元の狭間に迷い込んだら何もかもわからなくなって二度と抜け出せなくなってしまいますよ!?　如何にロイド様と言えど無謀すぎます！」

「まぁ何とかなるだろ」

俺は構わず空間転移を発動させ、次元の壁へと飛び込んだ。

視界が黒く染まり、音も消え、何もわからなくなってしまう。

「ぎゃ――――！　暗い！　怖い！　重い！　死ぬ死ぬ死ぬ！　死ぬぅぅぅ――――！」

「あぁ、もう二度とサリアたんやイーシャたんの声を聴けないのか……いやだ――――！」

死にたくな――――い！」

「うるさいぞ二人共」

絶望の悲鳴を上げるグリモとジリエル。

そこまでビビることないんだが。だってもう着くし。

「ぎゃ――――！　いやぁ――――！」

「ひぃ――――！　お助け――――！」

闇が開け、雲海の上に辿り着くが、グリモとジリエルはまだジタバタ暴れている。

「着いたぞ」

「う、嘘でございましょう……？」

「ま、マジに天界ですぜ……！」

信じられないと言った顔で二人はキョロキョロと辺りを見回している。

だから言ったじゃないか。問題ないって。

「ふむ、単純な速度のみで次元の壁を抜けたか。力業にも程があるが……今のお主ならこの程度、そう難しくはないか」

ベアルの言う通り、俺は超高速で次元の壁に突入すると、そのまま一直線に転移したのだ。

今までは一度に移動できる距離はせいぜい数十キロ、それもパスが通っていなければ長距離の転移は無理だったが、今は世界の端から端まで移動しても全体の一割以下程度しか消費しない程魔力量が上がっている。

要は止まるから迷うのだ。一直線に突き進めば次元の壁すら突破出来るのは道理である。

森の中を歩いて抜けようとすれば迷うが、短時間で一直線に突っ切って行けば迷わないのと一緒だな。

……とはいえ今ので全魔力量の二割くらいは使ったか。まぁまぁ分厚い壁だったな。

「ここは……天界の果てのようですね。無茶な転移でしたが、辿り着きはしたようです」

「ふーん、そうなのか。とりあえず案内は頼むぞ、ジリエル」

「この辺りは辺境過ぎてシティーボーイである私にもよくわかりませんが……」

以前来た場所と大差ないように思えるのだが……雲がふわふわ浮いてるだけにしか思えないけど天使的には色々あるのかもしれない。

「あぁいえ、問題ありませんとも。如何に田舎であろうとこのジリエル、見事ロイド様を神の元へと案内してご覧に入れますとも」

「うん、頼むぞ」

ジリエルは恭しく頭を下げると、近くにあった雲の塊に手を突っ込んだ。

ゴソゴソと何かをし探しているようだが……?

「神が住まうのは天界中央にある大宮殿。天界では目印になるものも少ない為、馬車を使って移動するのです。目印であるニオイを覚えさせて行き来するのですよ。その馬を呼ぶ方法が……おお、ありましたありました」

取り出したのはニンジンだ。えぇ……あんなもの一体どこから出したんだ?

「これは雲ニンジンというものでして、雲畑によく埋まっているのですよ」

「そこ、畑だったのか……」

「田舎ですから。ある意味幸運だったかもしれません。これを掲げればすぐにでも……お、早速来ましたよ」

ジリエルが指差す方を見れば雲の向こうから馬が近づいてくるのが見える。

……ただの馬ではなく翼が生えている。あれは天馬というやつか。

「ヒヒィーーーン！」

「さぁどうぞお乗りくださいませ」

天馬は俺たちの前に停まると、ジリエルからニンジンを奪い取りムシャムシャ食べ始める。

「へぇ、天馬で移動たぁ天界って場所も中々気が利いてるじゃねぇかよ」

「ブヒヒィィン！」

「おわっ⁉ アブねぇ！」

グリモがぺしぺしと天馬の尻を撫でていると、怒ったのか鼻息を荒くしている。

おいおい、馬の後ろに立ってたら蹴られるんだぞ。

「どうどう」

「ブルル……」

俺が宥(なだ)めると、天馬は気持ちよさそうに首を擦り付けてくる。

「流石はロイド様、馬の扱いも手慣れたものですな」

「王族の嗜(たしな)みだと色々教えて貰ったからなぁ」

以前アルベルトに教わったからな。王族たるもの馬の一つも乗れないようではダメだと。こんなところで役立つとは思わなかったが。

「これこのように……光武で作った手綱を引っ掛けてやれば天馬が魔力を感知し、思い通りに操ることが出来るというわけです。これこのように」

ジリエルが光武にて手綱を掛けると、天馬は大人しくなる。

ふむふむ、どうやら口の辺りに魔力感知器官があるみたいだな。それを利用しているってことか。

実際の馬も顔面付近は感覚が鋭く（というか他の箇所は分厚い筋肉で覆われているので

伝わりづらいので）、細かい指示を出すには手綱を口に嚙ませる必要があるのだ。

「よし、俺もやってみよう」

早速光武で手綱を作り、天馬の首にかけようしたその時である。


「ヒヒヒィイイン⁉」


天馬が一際高い声で嘶くと、俺から逃げ出してしまう。

それでもニンジンは惜しいのか、離れた場所で様子を窺っている。

「……あれ？」

「どうやらロイド様の魔力にビビッちまったようですね」

「今のロイド様の魔力は凄まじいですから。消し炭にされると思ったのやも」

えぇー……折角天界の魔獣に乗れると思ったのになぁ。

ていうか消し炭って、人を焼却炉か何かみたいに言うんじゃない。

これでもかなり魔力を抑えているつもりなんだが、まだ足りないか。全く以て扱いづらい身体である。

「……ん？　ならば治癒の魔術を同時に発動させればいいんじゃないか」

例えるなら俺は近づけば火傷する炎、ならば同時に冷気をかけてやればダメージは受けないはずだ。ちょっとやってみるか。

「ほいっとな」

「ヒヒィンッ⁉」

逃げようとする天馬に手綱を引っかけると同時に、治癒魔術を発動させる。


「ブヒヒヒィィィィ――――ン⁉」


と、いきなり後ろ脚で直立し、前脚で空を掻く天馬。

混乱しているのか目をまん丸にして暴れ出した。

んんー？　間違ったかな？　どうも加減がわからん。

しばらく様子を見ていると、落ち着いた様子になり、俺の前で首を垂れた。

「おいおいおいおい、さっきまで逃げようとしてた馬がいきなりロイド様に頭を下げてきやしたぜ⁉」

「傷つけ癒やすのは拷問の基本、それを同時に繰り出すことで天馬の身体に直接上下関係を叩き込んだのだ。流石はロイド様、恐ろしい方……」

グリモとジリエルが何やらブツブツ言っているが、俺としては平和的な手段を選んだつもりなんだけどな。

ともあれ、天馬に跨った俺は天界の空を駆けるのだった。

◇

天馬に乗って空を飛びながら俺は心地よい風を受けていた。

「いやー、魔術以外で空を飛ぶってのも新鮮な体験だな」

生まれてこの方、魔術以外で空を飛んだことはなかったが。

「たまにはのんびり飛ぶのもいいもんだ」

「いやこの天馬、めちゃくちゃ速ぇですけどね……」

「ロイド様の飛翔速度に比べれば幼児のよちよち歩きも同然でしょう」

何やらブツブツ呟くグリモとジリエルに問う。

「それで、宮殿まではどれくらいかかるんだ？」

「この速さなら恐らく半日ほどでしょうか」

「むぅ、少し長いな……よし」

そう呟くと俺は天馬に身体強化の魔術をかける。

「ブヒヒィィン⁉」

と、甲高く嘶いて天馬は力強く走り始める。

「おおっ！　素晴らしい加速です！　身体強化の魔術ですね！」

「あぁ、一番弱っちいやつを、更に弱めて使ってみた」

術式を弄ることで本来の百分の一の出力で身体強化をかけたのである。

今の俺の魔力では下手な強化は弱体化になりかねない。

身体強化の魔術は意外とデリケートだからな。注ぎ過ぎた魔力が強すぎれば肉体の破壊を引き起こしてしまう。

自分にかけるならともかく、他者にかける場合は加減が必要なのである。

とはいえ効果はテキメンなようで、天馬は速度をどんどん上げていく。

「おお！　速い速い！　これなら一時間もせず辿り着けるでしょう！」

「流石に半日も待ってられないからな」

早く戻らなければというのもあるが、神だなんて楽しみすぎるじゃないか。

融合解除以外にもさぞ面白いことが出来るに違いない。是非見せて貰いたいものである。うんうん。

「ヒヒィイン！」

天馬の嘶きを聞きながら、俺は神との会合に心躍らせるのであった。

◇

「ん、なんだありゃ？」

どこまでも続く空の果てで何か光るものが見える。

一体なんだろう。こちらに近づいてくるようだが。

「あの光……ハッ⁉　ロイド様、危険です！　伏せて下さいませ！」

ジリエルが声を上げた時、光は既に眼前まで迫っていた。

矢だ。凄まじい勢いで放たれた矢が俺の魔力障壁を貫く。

強化された俺の障壁を砕くとは……って思ったけどよく考えたら今の自動展開型の魔力障壁は融合前に作ったモノで、現在の魔力量には対応してないから脆いんだった。とはいえベアルでさえ簡単には破れないのに、紙でも貫くようにあっさり貫くとは大した威力である。

なんてことを考えている間に次の矢が迫る。俺はともかく天馬が危ない。

俺は直前まで迫ったそれを片手でパァン！　と叩き落とした。

矢は雲を貫いた後、光の柱が立ち昇る。

「あ、あんなとんでもねぇ矢を蚊でも潰すように軽々と……しかも反応速度がえげつねぇ。何をしたのか全然見えなかったぜ……」

「ふっ、見事だロイド。素の力だけで規格外だな。流石は我がライバルよ」

グリモとベアルがブツブツ言ってるが、ジリエルはそれどころではないようだ。

ガタガタと全身を震わせ、目の焦点が合ってない。一体どうしたのだろう。随分慌てた様子だが……？


「こ、この矢の持ち主は……まさか……いやあり得ない……！」

ジリエルが向ける視線の先、光は人の形を作り始める。

筋骨隆々の大男はその巨軀に真っ白な制服のようなものを纏い、左右の手には巨大な鎖をジャラジャラ鳴らし、もう一対の手には弓矢を持っていた。

四本の腕を有し、更には左右六枚ずつ翼が生えている。男の掛けた黒眼鏡の下で、鋭い目が俺たちを見下ろしていた。


「て、天界64神……アルカトラズ様……！」

「ほう、どうやら俺を忘れていたわけではないようだな。ジリエル」

対峙し、言葉を交わす二人。

どうやら知り合いのようである。

「……で、こいつ誰だ？」

「一言で言えば私の上役でございます。沢山の天使をまとめ上げ、唯一神の下で天界を支える柱なのですよ！」

天界64神……そういえばジリエルと初めて会った時、なんかそんなことを口走っていた気がする。

「つまりは中間管理職ってやつだな」

だったら神とか名付けないで欲しいものである。ややこしくなるじゃないか。

ゆっくりと降下してくるアルカトラズに、ジリエルが怯えた様子で問う。

「これはこれはアルカトラズ様。いったい何の御用でしょうか……？」

「おいおい、まさか身に覚えがないのか？　恥知らずな奴め、よく天界に戻って来られたものだな」

ジリエルを睨み付けるアルカトラズは、その手に持った巻物をするりと開く。

「天使ジリエル、お前は人の使い魔となっただけでなく、魔人、魔族、果ては魔王とも共存した。人界に著しく影響を与えた罪は重い。よって堕天に処す……といってもこれは半年前の話だがな」

「え？　えええええええっ⁉」

そういえば先刻、天界に入れなくなってたとかジリエルが言ってたっけ。

グリモの言う通り本当に追放されていたようだ。……かわいそうに。

「いや、大体ロイド様のせいですぜ」

「天使とはいえ哀れな……」

グリモとベアルがツッコミを入れてくるが聞こえないフリをしておく。

仕方ないだろう。こっちもやりたいことがあったのだから。

「そ、それはまぁ仰る通りだし仕方ない部分もあるかと思いますが……いきなり攻撃してくることはないのでは⁉」

「馬鹿者め、狙ったのはお前みたいな小物ではない。……なぁ坊主よ」

アルカトラズは俺の方を向いて、新たな矢を番える。

その身に強烈な殺気を纏わせ、威圧するように睨み付けてくる。

「ロイド＝ディ＝サルーム——天使や魔人をも使役するだけでなく、色々ととんでもないことをやらかしてきたようだな。俺の矢もあっさり弾くし、人間の中ではかなり……いや、特異とも言える存在だ。魔術への興味だけでそこまで突っ走れるのはある意味大したものだ」

「いやぁ、それほどでも」

「褒めてはないがな⁉　……まぁそれだけならまだ良かったが、魔王を匿うのはダメだ。魔王は天界をも脅かす危険な存在、先んじて排除する必要がある。それと融合したお前もまた例外ではない」

「おお、融合を解除してくれるのか？」

「残念ながらそいつを解除する方法は——存在せん！」

俺の問いにアルカトラズが返したのは、振り上げた鎖による一撃だった。

素手で払おうとするが、鎖は生き物のようにぐにゃりと曲がり俺の手を避けて額にぶつかる。

そのまま俺の身体にぐるぐるとまとわりつき、拘束してきた。

む、よく見ればこの鎖、実体ではなく魔力の塊だな。

しかも殆ど物質化しているとは、より魔力密度が高い光武といったところか。

「ふはっはァ！　この『監獄神鎖』は俺の意のままに動き、敵を捕らえる！　その強度は地上の何よりも硬く、破るのは不可能！　さぁ大人しく――」

ぶちぃ！　と音がして鎖が砕ける。

粉々になった鎖は地面に落ちると、光の粒子となって消えていった。

「思ったより柔いな。少し力を入れただけで簡単に千切れちゃったぞ」

「あの野郎、地上の何より硬いとか偉そうなこと言ってやしたが、ロイド様は例外だったようですな」

「まぁロイド様は天上天下唯我独尊を絵に描いたような方ですから」

天界64神というくらいだからちょっと期待したが、まぁ中間管理職程度じゃ仕方ないか。

この程度では融合解除など期待すべくもないだろう。やはり直接神に会う必要がありそうだ。

「馬鹿な……神具の中でも最硬度を誇る『監獄神鎖』がこうもあっさりと……ありえない……」

「えーと、もういいか？　俺急いでるんだけど」

「ありえないィイイイイ！」

「しつこいぞ小物が！」

襲い掛かってくるアルカトラズを、俺の尻尾が勝手に動いて遠くへ弾き飛ばす。

どうやらベアルが動かしたようだ。グリモたちが両手に宿っているから、尻尾を使ったんだな。

「……ん、また何か見えるぞ」

アルカトラズの消えていった方角を見ると、黒雲が山のようになっている。

そこでは稲光が走り、不気味な雰囲気を漂わせていた。

「あれは監獄でございますね。天界の果てにあると聞いたことがあります」

「なるほどな。アルカトラズがその番人だったたっつーことかい」

「へぇ、天界の監獄か。……面白そうだな」

牢獄（ろうごく）に囚われるような奴らは変わり者と相場が決まっている。

ましてやここは天界なのだ。俺が興味を引く奴の一人や二人、いてもおかしくはない。

ジリエルも天界から追放されたようだし、融合が解除されたら二度と来る機会はないだろうしな。今のうちに色々見て回っておいた方がいいだろう。うんうん。

「よし、行ってみるか」

俺は天馬に跨ると、監獄の方へと駆けるのであった。

◆

真っ暗な牢獄に一人の男が繋がれていた。

聖王だ。両手両足は鎖で繋がれ、全身血痕とアザだらけ。拷問を受けた跡が痛々しい。

にも拘らず聖王は安らかな顔で、すぅすぅと寝息を立てていた。

それと対照的に、彼の目の前に立つ天使の拷問官の方は汗だくである。

「くっ……起きろ！」

拷問官は声を荒らげると、聖王目掛けて鞭を振るう。

バシィ！　と鋭い音がして身体が大きく揺れ、聖王はゆっくりと目を開け、大きなあくびをした。

「ふぁぁ……おはよーさん。そしてごくろーさん。そろそろ半日くらい経ったかな？」

半日どころか既に二日経過していた。

あまりに余裕な表情に拷問官はこめかみをピクピクと震わせると、焼き鏝を取り出し聖王の胸元に押し当てる。

ジュゥゥ、と肉の焼ける嫌な臭いが辺りに漂うが、やはり聖王は涼しい顔だ。

「……人間如きが調子に乗るなよ。神に逆らったお前にもう未来はない。このまま死ぬまでいたぶられる運命なんだよ！」

「あちち。これでも一応反省してるんだけどなぁ。だからわざわざこんなダルい拷問を受けてるわけだし？　そういう態度を評価して欲しいものだよホント」

「反省だぁ？　んなもん全然してねぇだろコラァ！」

焼き鏝で思い切り顔面を殴り付けられるが、聖王は屈託のない笑みを浮かべて返す。

「それ君にわかるわけ？　もしかしたら反省してるかもしれないじゃないか。そういう勝手な判断、よくないと思うなぁ僕は。そんなんだから出世も出来ず未だに拷問官なんてショボい仕事をやってるんだぜ？」

「……ぐっ、貴様ァ……！　舐めるな！」

がん！　がん！　がん！　と殴りつける音が監獄に響く。

だが肩で息をする拷問官と裏腹に聖王は平然としたままだ。

「苦言の一つも言いたくなるさ。最近の神サマは下界を意識しすぎだよ。神なんだからどーんと構えてりゃいいのに、もしかしてビビってんのかなぁ？　どう思う？」

「俺が知るか！」

更に焼き鏝で殴られながらも、聖王は構わず言葉を続ける。

「だって考えてもみなよ。神サマが強者にビビってるとしたらだぜ？　もはやそんなの人とさして変わらないと思わない？　そんな奴に従っていいのかい？　君たちがそれを言えないなら、聖王である僕が言うべきじゃない？　言ってあげなきゃおかしいってわからないだろうし、それじゃ神サマが可哀想ってもんだ」

「神にそのような感情はないッ！」

「いやいや、神サマが怒ったからこそこうして僕も拷問を受けてるわけで……あ、そこそこ、ちょっと気持ちいいかも」

「黙れ！　黙れ黙れ黙れ！」

拷問官は更に勢いを増していくが、聖王は全く意に介さない。

拷問官はその顔が焦りと恐怖でどんどん歪んでいく。

「まぁ神サマって何万年？　とか生きてるんでしょ？　そろそろボケてきてもおかしくないじゃん？　そろそろ次世代に任せるべきっていうかさぁ、そういう下からの意見とかないわけ？　なんなら僕が言ってあげるよ？　この程度の罰とか屁でもないしさ」

「神は唯一無二の存在！　我々はそれに従うのみ！　くだらん意見などお聞きになる必要はないのだ！」

「やれやれ、妄信だなァ」

ため息を吐く聖王を見て、拷問官はギリギリと歯噛みをする。

「チッ……どうやら肉体的な拷問は効果がないようだ。貴様のことはある程度聞いていたがここまでとはな……」

「あは、一応しっかり痛みはあるんだけどねー。ただ君程度じゃ僕を痛がらせるのは少し難しいかもね？」

挑発するように笑う聖王に、拷問官もまた歪んだ笑みを返す。

「……ククッ、だがその強気がどこまで続くかな？」

「？」

疑問符を返す聖王に背を向けると、拷問官は何もない空間に手をかざし、何やらブツブツと唱え始める。

「我が求めに答え現れよ天界の窓、下界の景を映し出せ」

ぐぉん、と空間が歪み、作り出された魔力の窓。

そこには地上ののどかな田園風景が映っていた。

人々は農作業に精を出し、楽しげに談笑を交わしている。

それを見て固まる聖王を見下ろしながら、拷問官は歪んだ笑みを浮かべた。

「初めて顔色が変わったな？　クク……そうとも。ここはお前が生まれた村。丁度収穫の時期みたいだな。皆、忙しそうにしているじゃないか……平和でのどかな時間とは良いものだなぁ」

ニヤニヤ笑いながら、拷問官の指先に光が集まる。

光武、無数の光の矢が渦巻くように展開されていた。

それと連動するように村の上空にも矢が集まっていく。

「あ、あんたまさか……！」

「ククッ、ようやく顔色が変わったな？　ったく、最初からこうすりゃよかったんだ。唯一神様も存外手ぬるい。これは罰だ。散々生意気な態度を取ってきた貴様へのな。人間風情が天使様に逆らうからこうなるのさ」

拷問官は愉しげに光の矢をくるくる動かしながら、嗜虐心(しぎゃくしん)たっぷりに聖王を見下ろす。

「さーて、俺がこの指を少し動かすだけで、こいつらがどうなるかわかったろう？　なら大人しく――ぐべらっ⁉」

言いかけた瞬間、拷問官の首があらぬ方向へと折れ曲がる。

蹴りだ。聖王がそう理解した直後、ずどぉぉぉん！　と爆音が轟くと共に土煙が辺りを覆い隠した。

「ゲホッゲホッ……い、一体何が……？」

咳き込む聖王の眼前、土煙が大きく揺らぐ。

「……ふん、あんな雑魚(や)すら殺れんとは。対象以外への攻撃を封じるとかいうこの縛り、鬱陶しいことこの上ないな」

晴れた煙の中から現れたのはギザルムだった。

舌打ちをしながら、持ち上げていた脚をゆっくり降ろす。

「ギザギザじゃないか。まさか僕を助けに？」

「な訳あるかボケナスが。……大体貴様には俺の助けなど必要あるまい」

「ひどいなァ。臆病でか弱いただの人間だよ僕は？」

「くだらん漫才に付き合うつもりはない。とっとと抜けろ」

「はいはい、わかりましたよっと。～♪」

鼻歌混じりにバキッ、と左腕を封じていた鎖が砕ける。

更に右腕、両足とあっさりと砕いて自由になった。

首と肩をぐるぐる回してストレッチする聖王を一瞥し、ギザルムはため息を吐く。

「ふん、光武より遥かに硬い天界の鎖を飴細工(あめざいく)のように砕くような奴がただの人間であってたまるか」

「魔曲『ちからのうた』鼻歌バージョン。まー平和主義者である僕はこういうの、あまり好みじゃないんだけど」

「……まぁ、なんでもいいがな」

つまらなそうに吐き捨てるギザルムの後ろを見れば、壁に開けた穴の向こうに幾つもの

穴が開いている。

天界の監獄を作る獄雲母の硬度は鎖とは比較にならない。並の魔族じゃ傷一つ付けられないだろう。

自分だって十分すぎる程の化け物のくせに、人のことなんか言えないでしょ、と聖王は呟く。

「あ？　何か言ったか？」

「助かった、って言ったのさ。僕もそれなりに枷（かせ）がある身でね。あまり表立って神サマに逆らうわけにはいかなかったんだよ。とはいえ色々物申したくてねぇ……あ、これ君の影響ね」

「……ふん」

そう鼻を鳴らすと、一陣の風と共にギザルムは姿を消してしまう。

「うーん、忙しい奴だねぇ」

本来なら役割を終えた今、危険な魔族であるギザルムは虚空へと戻すべきなのだろうが……彼の勘がそのままにしておくべきだと言っていた。

故に見なかったことにする。

風に流れゆく魔力の残滓（ざんし）を見送りながら、聖王はポツリと呟く。

「……それにしても不思議だ。本来なら鎖を断ち切ることも出来ないはずなんだけどなぁ？」

聖王は魔曲を通じて神の力を使える。

だがその力を神への反逆に使うことはできない。当然だ。神の頬を殴るのに神が力を貸すはずがないからだ。

拷問官への攻撃はもちろん、監獄からの脱出もそれに値する……なのにどうして鎖があっさり千切れたのだろうか。

そもそも変と言えば天界と真逆の存在、魔族を呼び出してしまったところから変だ。何かが起きている……？

「……ま、いっか。元々この力ってどーも不安定だったしね」

魔曲は単純な魔力以外にも、使い手の精神状態や体調などの影響を強く受ける。

スペック以上の効果を発動する時もあれば不発に終わることすらある、振れのある能力なのだ。

これ以上考えても時間の無駄、とばかりに聖王は思考を切り上げる。

「おーい神サマー？　もう十分反省したたし、出てっていいよねー？」

一応声をかけてみるも神からの返答はない。

やれやれ、職務怠慢だ。そう呟きながら聖王は格子に手をかけた。

バキバキと小枝のようにへし折ると、監獄から外へ出る。

「んじゃオジサン、僕はもう行くね。ばいばーい」

気を失い倒れ伏す拷問官にパタパタと手を振り去っていく。

薄暗い監獄には再び静寂が訪れていた。

◆

「おー。ここが天界の監獄か」

辿り着いたのは黒塗りの建物。

周囲には黒雲が垂れ込めており、雷鳴が轟き響いている。

今までの天界とは真逆の、なんとも物々しい雰囲気だ。

「それにしても天界の建築物ってなんだか変な感じだよな」

「天界の雲は採れた場所により形や性質が変化するのです。建物に使われているのがこれら石雲母(せきうんも)で、中でも監獄で使われているのは獄雲母といって特に硬いものとなっているのですよ」

へぇ、場所によって雲の性質が違うのか。

そういえばさっき浮かんでいた雲は綿飴みたいだったけど、ここのは何だかベトベトしているな。カチカチの雲もあるのだろうか。面白そうだ。

「ん？　の割には穴が空いてないか？」

外側から建物を観察していると、何やら崩れたような跡を見つける。

獄雲母とやらで作られた壁の穴が建物の中まで続いていた。

「ぬなぁっ⁉　な、何事ですかこれはぁっ⁉」

「何かが突っ込んできたような跡ですな」

「普通の土壁のように貫かれているぞ……本当に硬いのか？　この素材」

白い目を向けるグリモとベアル。ジリエルは慌てて説明を続けるが、

「ほ、本当でございます！　ロイド様の魔術でも簡単には壊れはしませんよ⁉」

「うーん、本当かなぁ」

「退け」

声を発した直後、俺の中のベアルが自身を宿した尻尾を振るう。

ズドォン！　と音がして壁がぶっ壊れた。

「大体……ふん、この程度の壁がロイドに砕けぬはずがなかろう」

得意げに尻尾を振り回し埃を払うベアル。あーあ、知ーらないっと。

「て、天界最高硬度を誇る獄雲母をあっさりと……」

「今さら驚くこともねぇだろ。ロイド様ならこの建物ごとぶっ壊せるっての」

「愚か者どもめ。まだまだ理解が浅いぞ！　ロイドなら建物どころか天界ごと消し炭にで

きるわ！」

いやいや、人をなんだと思ってるんだお前らは。

人を危険物みたいに言うとはあまりに失礼である。

仮に出来てもやるわけないだろそんなこと。

「……でもこの雲母とやらには興味を唆られるな」

それにしても見れば見るほど奇妙な物質だ。

以前天界に来た時にはわからなかったが、無機物に見えるが僅かな生命活動を感じる。

『鑑定』でじっくり見てみると植物に近いようにも見えるな。

これって治癒魔術も効くのかも。ちょっと試してみるか。

手をかざしてみると壁が少しずつ元に戻っていく。

「ゲェッ⁉　壁が元通りになっていきやすぜ⁉　きもちわりィ！」

「天界の建物が崩れた場合には上位神たちが魔力を注ぐことで修理しているという話です。それをお一人でやってしまうとは、流石はロイド様」

「先刻ぶん殴ってわかったが、この素材は魔力への強い抵抗力を持っている。神といえど元が脆弱（ぜいじゃく）な治癒魔術では修復にも時間がかかろう。にもかかわらずあっさり直してみせるとは、見事なりロイド。流石は我がライバルよ！　ふはーっはっはっは！」

なんだか盛り上がってる三人だが、結局あの穴を開けたのは何者だったのだろうか。

ベアルはあっさり砕いていたが、さっきのアルカなんちゃら程度ではどうしようもない硬度だったが……ま、どうでもいいか。

そんなことを考えながら中に足を踏み入れると、通路の先から騒がしい声が聞こえてくる。

「む、警備兵か何かか？」

「侵入がバレた……ってか全然隠れてねぇですけどね」

「そりゃあれだけの音を立てれば騒ぎにもなるでしょう」

「関係ない。天使は全員ぶち殺すのみだ！」

やれやれ、騒がしい奴らである。

ともあれ天使相手のバトルは俺としても望むところだ。

さっきのアルカなんちゃらは弱すぎて全然実験できなかったからな。来るなら来いと身構えるが、

「……全然来やせんね」

「むしろ気配が薄れているような……」

だが戦っている音は聞こえてくる。

どうやら俺とは無関係に内部で争っているようだ。さっきの壁を開けた輩と何か関係あるのだろうか。

こっそり近づき覗いてみると、そこにいたのは数人の天使兵を足蹴にする青年がいた。

「聖王……！」

「おや、ロイド君じゃないか。こんなところで会うなんて奇遇だねー」

驚く俺にパタパタと手を振りながら近づいてくる。

なんでこいつがこんな所に……？　疑問に思っていると俺の中にいたベアルが尻尾をブンブンと振り回す。

「くはははは！　よくぞ我が前に姿を現せたものだな聖王よ！　ここで会ったが百年目、さぁ覚悟するがいぃぃぃっ！」

「まてまて、まずは話を聞こうじゃないか」

ベアルが突っ込んでいこうとするのを慌てて止める。聖王と戦う為に融合したんだろうが、今はそんな場合ではない。

「あれー？　なんかロイド君、ちょっと感じ変わったかい？」

「色々あってな。そっちこそ随分ボロボロじゃないか」

「ははは一、実はあの演奏会の直後に神サマに呼び出されちゃってね。まだ何もしてない魔王への対処、それに付随する君たちへの対応とか、神として色々問題あるんじゃないかと苦言を呈したらこのザマさ」

「何⁉　それは一体どういうことなのだ⁉」

ベアルＩＮ尻尾が声を上げ、聖王が目を丸くする。

「おや魔王、なんか妙な感じがすると思ったら、今度はあの可愛らしいメガネちゃんではなくロイド君に吸収されてたのかい？」

「そんなことはどうでもいい！　それより今のはどういう意味だ⁉」

「あー、ね。いやさ、魔王といえど何もしてないのに封じて殺すってのはよくないだろ？　神サマはとんでもないとか怒ってたけど、平和主義者である僕はそうは思わない。だって虫だって獣だって、人間だって神だって魔族だって、等しくこの世界を生きる仲間じゃないか」

「はぁ？　何を馬鹿なことを……魔族と人は相対する存在、見つけたら殺し合うのが常であろうが」

ベアルの反論に、聖王はしばし考えて答える。

「──僕の生まれは山しかないような田舎でね。畑仕事をしていたらよく獣が荒らしに来たよ。村人たちはそれらを退治していたけど、逆に獣に殺された人だって沢山いる。お互い譲れない思いがあればぶつかるのは仕方ない。それは魔族と人も同じはずさ」

聖王の言ってることは間違ってはいない。

互いの利害が重なれば、種族は関係なく戦いは発生する。

「では何故ベアルを見逃したんだ？　仇敵(きゅうてき)同士なのは確かじゃないか」

「そりゃあ平和主義者である僕としても、人と魔族の間で争いが起きるのは仕方がないと思っているよ。だが行き過ぎは駄目さ。人が私利私欲の為に森を焼くのも、狂った獣が人を殺すのも、魔族が快楽の為に人を殺すのも、そして神が悪さをしそうだからといって何もしてない魔族を殺すのもね。神サマの行為は明らかに行きすぎ。その間に入っている僕が止めるのは当然の義務さ」

そう答えてまっすぐ前を向く聖王。

今までに見たことがない真剣な眼差し。ただの呆けた男かと思ったが、意外と色々考えていたのかもしれない。

「実際に魔王を見てみれば、どうもらしくないっていうか、意外と良い奴っぽかったからね。トドメは刺さなかったってワケ」

「い、良い奴だとぉ？　魔王たる我になんという迷い言を……」

「だって事実だ。戦う際に民を巻き込まないよう結界を張っていたし、人の世にも溶け込んでいた。何より君を助ける為に沢山の人が動いてた。それは君が信用されてる証だ」

聖王は俺にウインクを投げかけてくる。

なるほど、だから魔王の復活にも協力してくれたのか。

「魔族だからといって、大人しくしている奴の命を不当に奪うような真似はしないし、させない――それが平和主義者である僕の矜持なのさ」

「……チッ、だから嫌いなのだ貴様らは」

ベアルはそう呟くと、先刻まで溢れていた戦意を薄れさせていく。

もしかしてベアルが聖王のことを苦手と言ってたのは、こういう性格故なのかもしれないな。

「ふん、すっかり萎えてしまったわ。……それで貴様は脱獄中というわけか？」

「おっと、そういえばそうだった。いやぁ神に一言モノ申してやろうと思ってねぇ。良かったら君たちもどうだい？」

「言われるまでもなく、俺も神の元へ行くつもりだ」

「あっは！　奇遇だねぇ。――じゃあ僕が案内役を買って出るよ。近道を知ってるんだ」

聖王は自信満々に頷くと、俺たちを先導するのだった。

◇

「あれれー？　おっかしいなー？」

首を傾げながら監獄の奥へ奥へと進んでいく聖王。

近道がある、とか言うからついて行ってるのに、一向に辿り着く気配はない。

「まだ着かないのか？」

「うーん、確かこっちの方だったと思うんだけど……」

なんて言いながらキョロキョロウロウロしている。

怪しいな。本当に近道なんてものがあるのだろうか。

「もしや罠？　いやそんなキャラにも見えませんし……」

「あの野郎、もしかしてただの方向音痴なんじゃあねぇですかい？」

「かもな。監獄を奥へ行っても宮殿への近道になるとは思えん。おい、いい加減なことをすると許さんぞ」

「あ、あははは一……大丈夫、多分、きっと」

グリモたちに白い目を向けられ、聖王は冷や汗を浮かべている。

まぁ出ようと思えば監獄を突っ切ればいいだけだし、もし本当でも面白い事になりそうだし、もう少しついて行ってみるか。

奥に行くにつれて迷路のようになっていく道をぐねぐねと曲がり続けた先、ついに光を見つけた。

「あ！　見てくれたまえよロイド君！　ほら灯りが見えて来たぜ。やっぱり僕は迷子になってなかっただろう⁉」

ふふん、と得意げに鼻を鳴らす聖王。急いで駆け出そうとするが――

「おふぅ⁉」

無数の光の矢を喰らい、吹っ飛ばされる。

ドヤドヤと声を荒らげながら出てきた天使兵たちだ。

「侵入者だ！」

「ここから先は通さんぞ！」

十、二十……もっといるか。

この数、少なくともこの先に何かがあるのは間違いなさそうだ。

「……ん、何だありゃ」

暗闇の向こうに灯りらしきものが見える。

あれは……牢屋か？　誰か捕まっているようだけど。

「とにかく行ってみるか」

「おーいロイド君ー？　僕今戦ってるんですけどー？　手は貸してくれない感じー？」

聖王が何か言ってるのを放置して、俺は灯りの方へ足を向ける。

「鬼畜すぎますぜロイド様！　まぁあいつが雑魚天使にやられるとは思えねぇがよ」

「それより恐ろしいのはロイド様の気配消しです。すぐそばの天使たちすら気づいていないとは……」

「ま、かかってきたところで瞬殺だがな。むしろ奴らとしては命拾いしたと言えよう」

俺も無益な殺生は好きじゃないからな。

グリモたちがブツブツ言っているのを放置して牢屋の前に立つと、中にいたのは一人の老人だった。

「……むむ、次はどこに置くべきか……」

格子の向こうで何やらブツブツ言いながら石を積み上げている。

髪も髭も真っ白で伸びっぱなし、掛けた眼鏡はひび割れ、服も至る所が破れボロボロだ。足は逃げられないよう鎖で繋がれている。

そんな状況にもかかわらず男は石を積み続けていた。

「おほっ♪　載った載った。いやぁ三百段までいったのは数百年ぶりですな」

……随分楽しそうである。

「一体何してるんですかねぇ、このジジイはよ……」

「どうやら暇すぎるあまり石を積んで遊んでいるようですね……」

「ボケているのではないか……？」

グリモたちは呆れ顔だが、天界の監獄に繋がれているような人物がただものであるはずがない。

きっと何か面白いことを知ってるはずだ。そう考えた俺は近づきおもむろに声をかける。

「こんにちはー」

「……む？　何ですかな君は……」

男は眼鏡を掛け直し、俺の方に顔を向ける。

その拍子に足が積んでいた石に当たって、ガラガラ、と崩れる石の塔。

「のあ――っ！　千年ぶりに新記録が狙えそうでしたのに――っ！」

男が肩を落とす。気持ちはわからなくないが落ち込みすぎである。

全員が冷ややかな視線を向ける中、老人はため息を吐きながら俺を見上げる。

「んんー？　……なんとあなた人間ですか？　今は色々混じっているようですが」

「へぇ、わかるのか」

「えぇまぁ。しかし人がこの監獄に入り込むなんて、珍しいこともあるものです。一体何をやらかしたのですかな？」

「別に何もしてないよ。ただ面白そうだったから来ただけだ」

「面白……そ、そうですか……」

「おおっと、人間ならここにもいるぜっ！　聖王ここに推参っ！」

駆け付けた聖王がポーズを決める。どうやら天使を倒したようだ。

どうでもいいけどあまりはしゃがれると、ちょっと恥ずかしいんだが。

「むむ……聖王とな⁉　君はあの聖王なのですか。これは驚いた。君も捕まっていたのですか？」

「あぁ、でももう抜け出すことにしたのさ。ついでに神サマに一言文句を言おうと思ってね。彼と一緒に向かう途中なんだぜっ！」

「ほほう！　神の下へと。それは何とも痛快なことです。よろしければ私の枷も破壊していただけませんでしょうか？」

「え、イヤだけど」

聖王は即座に断ると、そのまま言葉を並べていく。

「捕まってるってことはあんた、何らかの悪事を働いたんだろう？　はいそうですかってワケにはいかないなぁ。しかもこんな奥深くに囚われているんだぜ？　凶悪犯罪者だったらどうするのさ。やだー、こわーい」

わざとらしく怖がる素振りを見せる聖王。男はため息を吐きながら頷く。

「……わかりました。事情を話して納得していただけるなら。――私はかつて神に仕える執事だったのです。しかし誤って彼が大切にしていた皿を割って、罰として牢獄に入れられてしまい、千年以上このままというわけなのですよ」

「それだけで千年て……罰が重すぎないかい？」

「恐らく忘れられているのでしょうなぁ。はっはっは」

哀愁漂わせながら笑う老人。

うーむ、何とも哀れである。

「いや、ロイド様もどちらかといえば忘れる側でしょう」

「俺、忘れられたこと何度もありやすぜ」

「我もだ。魔王を待たせるなど許されることではないぞ」

冷めた視線を送ってくるグリモたち。

……そんなこともあったかなぁ。あったかもしれないなぁ。仕方ないだろう。俺だって忙しいんだから。

視線から目を背けていると、聖王がため息と共に格子を切り裂いた。

「おおっ！　監獄の格子を易々と……」

「皿を割っただけにしちゃ重すぎる罪だぜ。嘘を吐いてるようにも見えないしね」

更に手枷足枷を破壊すると、

「これで自由だ。好きなところに行くがいいさ」

「まことにありがとうございます。良ければ礼をさせて貰えませんかな？」

「礼？」

「えぇ、あなた方がここへ来た理由は神の宮殿への抜け道を探しに来たからでしょう？　私はそれを知っております」

「本当か⁉」

抜け道があるという話は本当だったのか。

「というかここと真逆でございますよ」

「あ、あらー？　そうだったかなぁ？」

笑って誤魔化そうとする聖王にグリモたちが白い目を向ける。

「これでも長年宮殿で働いておりましたから案内はお任せ下さいませ。……と、その前にこの姿では少々見苦しいですな。――ほっ！」

老人はボロを脱ぎ捨てたかと思うと、眩い光に包まれる。

光が薄れ、姿を現した男は整った服に身を包み、髪や髭も整えられ、執事のような風貌になっていた。

どうやら光武によって衣服を作り出したようである。

「ふぅ、すっきりしたところで自己紹介をば。私はリーゴォと申します。以後お見知りおきを」

「俺はロイドだ。よろしく」

「こちらこそよろしくお願いします。では早速参りましょうか」

スタスタと歩いていくリーゴォ。

本当に反対側じゃないか全く。しかも目的地は近かったようで、数分程歩いた辺りで立ち止まる。

だが周囲には何も見当たらない。困惑する俺たちに構わず、リーゴォは目の前の壁を触り始めた。

「えーっと確かこの辺りに……おお、ありましたぞ。ポチッとな」

カチ、と音を立てて壁がせり上がっていく。

現れたのは小部屋だ。地面には何やら魔法陣のようなものが描かれていた。

「おお！　魔術陣！　しかも面白そうな文字が書かれているじゃないか！」

光武など天界で使われている術式は、俺たちが使っているものとは異なる魔術言語で書かれている。

それが神字だ。サンプルが非常に少なく、特に直に書かれたものは貴重である。

座り込んでじっくりと観察していく。

「……ふむふむ、どうやら転移系の術式のようだ。でも光武などに使われている魔術言語とは少し違うかな？」

「おや、わかりますかな。この魔術陣はかなり古くからあるものですからな。しかしそれを容易く解読するとは大したものですよ」

「なるほど、この転移陣が神の住まう宮殿に通じているんだな。どれ、ちょっと試してみるか」

ひょいっと足元の石ころを投げ入れた瞬間、石は眩い光に包まれとてつもない速度で上空に舞い上がる。

その後、天井にある穴を抜けて真上に浮かぶ雲に接触、描かれていた魔術陣により遥か彼方へと飛んでいった。

「い、一体何が起きたんすかコレ⁉」

「へぇ、転移というか、超高速移動って感じだな」

俺の空間転移はここととは異なる空間へ術式により作り出した通路を通って、一気に移動するもの。

対してこの転移陣は強烈な推進力を与えて跳躍するという単純なものだ。

「とてつもない速度だな。まさに光の如し、魔力体ならではの移動方法ってところか。普通の人間なら即死だぞ」

「えーと、ロイド君？　それだともしや僕は転移できないんじゃないのかい？」

「あ、そういえば……」

完全に忘れていたが聖王は普通の人間なんだった。

飛んでいく方向によって魔力障壁を上手く制御すれば衝撃を防ぎつつ転移陣を使えるだろうが……

「ですがそんな精細な制御はロイド様でもなきゃ無理ですぜ」

「自慢じゃないが魔術は苦手だぜ。はっはっは！」

本当に自慢じゃないな。ま、魔術は、興味ない奴にとっては非常に難解だから仕方ある

まい。

「ふむ。じゃあいっそ超高硬度の魔力障壁で聖王の身体を包み込んでみるか。防御に全てを注いだ魔力障壁なら恐らく大丈夫だろう」

超高速での衝突も、それに耐えられる硬度があれば問題なし。

「えぇ……ていうか障壁の中にいる僕には衝撃が伝わるのでは?」

「この雲を詰めておこう。治癒魔術を思いっきりかけておけば変形にも耐えられるはずだ。多分」

「あのさぁ、多分とか恐らくとか多すぎないかい?」

「大丈夫大丈夫、俺を信じろって。もし失敗しても今の俺なら死んだ直後なら肉片から復活させることも可能だ」

そう言って俺は彼を魔力障壁で包み込むのだった。

「あいつ、閉じ込められる前、なんか言いかけてやしたぜ……」

「うーむ、哀れな……」

「奴の顔、恐怖で歪んでいたぞ……」

グリモたちがドン引きしているが、ま、大丈夫だって。多分。

というわけで魔術陣に上がり、術式を起動させるのだった。

◇

「ここが神の宮殿……」

転移により辿り着いた場所は白亜の室内だった。

ここもまた隠し部屋のようで出入り口は存在しない。リーゴォが何やら操作するとようやく扉が開いた。

へぇ、ここに神がいるのか。なるほど、強い魔力の脈動を感じる。

「はぁー、死ぬかと思ったぜ。ひどいなぁロイド君ってば」

「なんて言いながら大欠伸をしてるじゃないか」

「いやぁ、動けないって暇で暇で……お昼寝しても仕方ないよね」

グリモたちは心配してたが、なんだかんだで余裕である。

大した度胸だな。聖王なんてやってるだけはあるってことか。

「ほっほっ、あの転送に耐えられる障壁を張るとは、すごいですね君は」

「大したことはないよ。爺さんも魔力体とはいえキツかったろう?」

やってみてわかったが、あの転移装置は魔力体であってもかなりの衝撃を受ける。

牢獄にいた普通の天使とかだと、死にはしないまでもボロボロになるはずだ。

にもかかわらずリーゴォは平気な顔である。監獄に閉じ込められていただけあって、只者ではないようだ。

「それよりロイド、早く向かうぞ。神は目前、聖王めに向けられなかった怒りはせいぜい奴にぶつけさせて貰おうではないか」

「おいおいベアル、俺たちは融合を解除して貰いに来たんだ。戦いに来たわけじゃないのを忘れるなよ」

「……ふん、そうであったか。だが我らにその気はなくとも、神はどうであろうな？」

まぁ神が聖王に魔王討伐を命じた張本人なら、ベアルを前にした時どうするかは想像に難くない。戦いになる可能性は十分に考えられるだろう。

……ま、最悪力ずくで言うことを聞いて貰えばいいか。あまり戦いは好きではないが神というくらいだし、きっと面白い能力の一つや二つ持っているに違いない。それはそれで楽しみである。

「それでは案内致しますぞ。こちらでございます」

通路を抜けて広間に出る。

大階段が並び、白亜の石床が敷き詰められたまるで城のような空間。

だがそんな広間に誰もいないのは異様だ。働いている者はいないのだろうか。

「ふむ、普段は多くの使用人が忙しく働いているはずなのですが……ま、私がいなくなってかなり時間が経っておりますし、体制が変わっているのかもしれません。おっと、案内が途中でしたな。あちらが厨房、そちらが客間、向こうにあるのが最上階へ続く階段でして、そこから見下ろす風景がこれがまた見事なものでして……」

「おいおい観光案内は頼んでねぇぜ」

「神の元へ向かう道を示してください」

「おっと失礼いたしました。つい、いつもの癖でして……えぇと、神のいる場所は恐らく――」

リーゴォが何処かを指差そうとした、その時である。

「――やれやれだな」

突如、辺りにしわがれた老人の声が響く。

「魔王と聖王が揃って余の宮殿に足を踏み入れるとは、全く以て度し難い」

「神サマ……！」

聖王が息を呑む。この声の主が神か。ふぅむ。

音が反響し、どこから聞こえてくるのかはわからない。

「勝手に監獄を抜け出すとは、どういうつもりなのだ？」

「一応反省はしたぜ。ケジメは付けるのが筋ってもんだからね。そして付けたからこそ、もう一度物申しにきたのさ」

「……反省、か。しているようには見えんがな。まぁいい。聞くだけ聞いてやろう」

神の言葉に聖王は待ってましたとばかりに語りだす。

「こほん、それじゃあ改めて。──監獄に繋がれてる間に考えたけど、やっぱり相手が誰であろうとも、罰を下すのは悪人だと判断してからにすべきだろう。現にこの魔王も話せばわかる奴だったし。先入観で判断するのは良くないよ」

「ふむ、それで？」

「つまりは……そう。しっかり確認しようって話さ。焦って罰して、それが冤罪だったらどうするんだよ。そうなったらあんたの方が悪人だぜ。僕だって神サマがちゃんとするなら文句は言わないし、聖王だって続けるつもりさ」

「ふむ、それで？」

「それでって……だから僕は──」

気のない相槌に聖王が声を荒らげようとしたその瞬間──俺たちの頭上が眩く光る。

迸る魔力の光。光は輝きを増していき、聖王はただ茫然とそれを見上げる。


「へ──？」

突然の事態に茫然とする聖王。溢れた光が降り注ぐ。

どぉん！　と凄まじい衝撃音が鳴り響き、地面が大きく揺れた。

「どわわわっ⁉　な、何が起こったんだ⁉」

「愚か者！　神が貴様を仕留めようとしたのだ！　ボサッとしている場合ではないぞ」

ベアルが声を荒らげる。

俺の中から飛び出し、尻尾をさながら傘のように広げて全員の身を守ってくれたのだ。

「な……！　魔王が……僕を助けたというのか……？」

「チッ……我も焼きが回ったな……ッぅっ！」

苦悶の表情を浮かべるベアル。

その身体は焼けただれており、白煙を上げていた。ベアルの魔力体に傷をつけるとは、なんという一撃だ。

「貴様は言っていたな。相手をよく知りもせず敵と断じるのはよくないと。我自身も貴様をそう見ていた。その詫びだ。言っておくがこの一度きりだからな。次はないと思えよ！」

「魔王……お前、やっぱりいい奴だったんだな……！　ありがとう。嬉しいぜマジで」

「……ふん、虫唾が走るわ」

はにかむように笑う聖王に、ベアルは照れ臭そうに押し黙ると俺の中に引っ込んでしまう。

意外と恥ずかしがり屋なんだよな。こいつって。

「――ふむ、魔王などに助けられるとは、お前はもはや聖王の器とは呼べんようだ」

「あ、あんた……まさか僕の話を聞いていたのは……！」

「お前の戯言などどうでもいいが、随分とお喋りが好きなようなのでな、最後の瞬間まで好きに喋らせてやろうという余なりの温情よ」

「～～～ッ！」

神の言葉に聖王は絶句する。

最初から話を聞くつもりなどなかったのだ。

ただ話を聞くフリをして、その隙に殺そうとしたというわけだ。神の割に随分と俗っぽい手を使う。


「……えげつねぇな。とても神とは思えない汚ねぇやり口だぜ」

「我らが神がこのようなせせこましい行いをするとは、信じられません……」

グリモとジリエルもショックを受けているが、聖王はそれ以上だろうか。

信頼していた相手に背中を斬られるような想いだろう。

やるせない感情にか、聖王は肩を震わせていた。

「まぁ良い。ここへ来たという事は余の元へ来るつもりだったのだろう？　今度こそ逃げも隠れもせんから最上階まで昇ってくるがよい。手ずから葬ってやろうではないか」

「……上等さ！　ここまでコケにされちゃあ平和主義者である僕も黙ってるつもりはないぜ！　だが戦うつもりはない。あんたを完膚なきまでに説得してやる！　覚悟しておくんだな！」

「ふん、威勢がいいのは結構だが、最上階までの各階層には天界64神たちを配置している。いずれも貴様と同等に近い力を持つ者ばかりだ。当然それ以外にも様々な罠を張り巡らせている。それを見事突破し余の下まで辿り着くことが出来れば——よかろう、直々に相手をしてやろうではないか」

「ああ行ってやるともさ！　なぁロイド君！　……ロイド君？」

二人が何やら会話しているのを横目に、俺は神の声を分析していた。

何せこの声、随分と興味深い仕組みだったからな。

神からこの場への干渉、やけに複雑な魔力パスを通している。

単に音声や魔力撃をこの場に届けるだけならここまでする必要はないはず、にもかかわらず一体何の為にこんなことをしてるのか……興味深い。

「……ま、大体わかったけどな」

「えーと……ロイド君？　もしもーし。おーい？」

「悪い聖王、先に行く」

そう呟いて俺は空間転移にて跳躍する。

神の発した魔力パスを通り向かう先は、宮殿の外。

更には天界中を経由し、分厚い障壁を貫き、複雑な迷路を抜けていく。

「異様なまでにパスを経由してやすな。どんだけ警戒心が強えんだよ」

「神は名こそ知れ渡っていれど、天界64神ですら姿を見た者はいないと言われていますからね」

「ふん、臆病な奴よ。だがついにその姿を拝めるようだな」

ようやく終わりが見えてきた。転移が終わる。

「――ここが神の住む場所か」

そこは真っ白で、ひたすらだだっ広い空間だった。

地平線の彼方まで白が続いており、果てが見えない。

天界とは少し違う感じだ。どちらかというとベアルの使う特異結界と似ているか。

「やたらと不気味な空間ですな。なんつーかこう、ザワザワしやすぜ」

「ここが神の住まう場所なのでしょうか。その割にはどこか不気味な……」

不審がるグリモとジリエルだが、俺はそれより他の違和感を感じていた。

何かを隠しているような感覚。それに空間転移をしまくったからわかりにくいが、ここは宮殿の最上階などではなくむしろ逆。天界の底の底、雲の海の遥か下だ。

「何故そんな嘘を吐いた……？　神ともあろう者がそうまでして俺たちに居場所を悟られたくなかった？　もしくはただの気まぐれ？　試練気取りの可能性もあるが……ふむ、よくわからん」

考えても仕方ないし、本人に聞いた方が早いだろう。

「――なぁ、神とやら？」

空間の中央、ぽつんと浮かぶヴェールの奥に見える人影に俺は声をかける。

あそこにいるのがあらゆる魔力の出所……即ち神、その人である。

「よくぞここまで来たな。心底驚いたぞ。障壁と迷路を張り巡らせたパスを辿り、空間転移で一息とは、流石は魔王というべきか？」

俺の呟きに返ってきたのは、先刻のしわがれた声。

ヴェールは吹くはずのない風に吹かれて飛んでいき、老人が現れる。

白を基調としたローブのような衣を纏い、金と黒をあしらった冠に錫杖、金の腕輪が複数付けられ、それぞれに強い魔力を感じる。

だがそれらの装飾品よりも遥かに強い魔力が、枯れ木のような身体から発せられていた。

「と、とんでもねぇぜこいつはよ……見ているだけでブルッちまう魔力の奔流！　神を名乗るだけのことはありやすぜ……！」

「えぇ、まるで大河を思わせるような静かで、しかしとてつもない魔力の流れ。これが天界を統べる唯一神……！」

その魔力の凄まじさに恐れおののくグリモとジリエル。

俺の中のベアルも宿敵を前にピリピリしている。

「確かに今は魔王と混じっているが、俺自身はどこにでもいるただの第七王子だぞ」

「……ふん、知っておるわ。昨今地上で起きている様々な異変の中心に常にいる人物、サルーム王国第七王子、ロイド＝ディ＝サルームであろう。何がただの、だ。ふざけおる」

あら、どうやら俺のことを知っていたらしい。びっくりだ。

驚く俺に神は言葉を続ける。

「ロイドよ。お前の今までの行いは全て見ておった。異常なまでの魔力だけでなく、面白半分に首を突っ込む行動力、周囲へ与える甚大と言える影響力……これを魔王と言わずして何と言う？」

グリモとジリエルが白い目を向けてくる。

いやーこれでも隠していたつもりなんだがな。流石に神相手では難しかったようだ。

「知っているなら話は早い。だったら俺たちが来た理由も知ってるんだろ？　この融合を解いてくれないか？」

「……ふっ、くっくっく……」

俺の頼みを聞いた神は可笑しそうに笑い始める。

「残念ながらそれは出来んな。だがまぁ、どうせ力尽くで言うことを聞かせるつもりだったのだろう？」

「俺はそうでもなかったんだけど――――」

俺の中のベアルが滾っているのは否定できない。

ま、俺自身もその気がない訳ではないけどな。

「いいよ。やろうか」

俺の言葉に神は、ゆらり、と手を持ち上げた。

◇

眩い光が眼前で爆ぜる。


「かあっ！」

気合と共に飛び込んでくる神。

手にはいつの間にか取りだしていた錫杖が握られていた。

目眩しからの隠し武器か。神を名乗ってる割に中々ダーティな戦い方だ。

その一撃を片腕を上げてガードすると、ずずん！　と衝撃波が響き空気が震える。

「――ほう、神罰の杖を使った余の一撃を軽々受け止めるとは、俄かには信じられんな」

驚く神だが、それはこちらも同じだ。

なんという一撃、魔力体である俺が弾き返せないとは、なるほど神を名乗るだけのことはある。

ギリギリと火花散る押し合いをしていたその最中、

「この腐れジジイ！　死ぬがよい！」

俺の尻尾からベアルが勢いよく飛び出した。

拳が神の顔面を捉え、そのまま連打に移行する。

「ふは――――っはっはっはぁ！　死ね！　死ね！　死ねぇぇぇっ！」

「ぬっ！　ぐぅっ⁉」

杖でガードする神だが、連打に次ぐ連打にたまらずその場に縫い付けられている。

魔力体同士の殴り合いか。折角だしこの身体がどれほどの強度か試してみるいい機会かもしれない。

融合を解除したら二度とこの身体は使えないわけだし、どこまで本気を出せるのか知ることで魔術への知見にもなるからな。

ってなわけで、いくぞ。


「すぅ、はぁぁ……」

呼吸により体内の『気』を練り上げていく。

魔力体であるこの身体にも、気の通る道を無理矢理作れば、気を操ることは可能。

制御系統魔術、模倣（トレース）タオ。体内を巡る気の流れを一点に集め、放つ。

「百華拳――山茶花（さざんか）」

ずがぁん！　と突き出した拳が杖をへし折る。

半分に割れた杖は粉々に砕け、微細な粒子となって辺りに散らばっていく。

あ、折れちゃった。

一点に打撃を集中させ内部から破壊する百華拳の基本技の一つだが、この身体で撃つと中々の威力だな。

「ば、馬鹿な……！　この神罰の杖は天界最高の鍛冶師にて64神の一人でもある鍛冶神ヘーパイストスが作り上げた至高の一品！　たかが拳の一撃で砕けるようなものではないはずだぞ⁉」

「いや、俺としても簡単に壊れたのは残念なんだけど……」

もう少しその杖の分析をしたかったんだが……ま、別にいっか。大体わかったし。

先刻触れていた間、この杖に『鑑定』をかけていたのだ。

その構造は大体解析しており、そのまま再現することも可能である。こんな風に――

魔力を集め凝縮させていくと、神の持っていた杖とほぼ同じものが俺の手に生まれる。

「っと、こんな具合か」

「な……神罰の杖を作り出しただと……⁉」

杖を持つ俺を、神は信じられないと言った顔で見てくる。

自前で魔力体を生み出すのは以前からやっていたし、その延長で武器を作るくらいは問題ない。

流石にじっくり観察する必要はあるし、完全に同じとまではいかないけどな。

「いやいや、魔力体はある意味適当でも作れやすが、複雑な構造の物体を作るのは尋常じゃねぇ解析力が必要ですぜ！」

「それこそロイド様の本領でしょう。とはいえ天界64神の作り出した武器すらも模倣するとは、ただ事ではありませんが……」

「気づかぬか二人共、この杖にはロイドなりのアレンジを加えられており、オリジナルより遥かに頑強！　ふっ、流石はロイド、我が宿命のライバルよ」

グリモたちが何やらブツブツ言ってるが、俺はそれよりこの神罰の杖の使用法に思案を巡らせていた。

「ふむ……杖ねぇ……杖かぁ……」

——杖というのは術式そのものを増幅させる武器だ。

しかし基本的には棒に術式を刻んだだけの魔剣の劣化版でしかなく、元々は初心者用だ。俺が本来の用途で使ったら一瞬で壊れてしまうだろう。

だがこの杖は神が使っていただけのことはあり、相当な強度の術式が込められている。俺でも扱えそうだ。となればやるしかあるまい。

俺は早速術式を展開、生み出した魔力を杖に込めていく。

「でえええ⁉　なんすかその魔力量は⁉　ヤバすぎですぜロイド様ぁぁあっ⁉」

「増幅されすぎておぞましいまでの魔力になっておりますよぉぉぉ⁉」

グリモとジリエルが驚いているが、まだ増幅は終わってはないぞ。

どうせ実験するなら杖の機能をいっぱいまで使ってみたいからな。

それにしても流石は神が使うような杖だ。俺がこれだけ魔力を注いでるのに壊れないとは驚きである。

「ロイドよ。調子に乗るのはいいが、杖にひびが入っておるぞ。そろそろ限界なのではないか？」

「おっとそうだな。夢中になり過ぎた」

ベアルの言う通り、杖が割れ始めている。

どうせだから全力まで溜めて撃とうとしたが、どうやらこの辺りが許容量の限度のようだ。

俺は手にした杖を神へと向け、放つ。


「『火球』」


杖の先端から生み出される炎は一瞬にして巨大な火の玉に成長する。

それは質量を増しながら、空間を歪めながら神へと向かっていく。

「――ッ!? か、火球だと!? こんな……こんなものが下級魔術であっていいはずが……ッ!」

神は魔力を両腕に集中させて炎を防ごうとするが、その両腕は一瞬にして燃え上がり全身が炎に包まれる。

魔術によるダメージを大幅に軽減する魔力体といえど、それ以上の攻撃ならば当然ダメージを受ける。

つまりは杖によりそれだけの出力が生まれたのだ。全くとんでもないな。

「神が持ってるような杖にひびを入れるような魔力を注げちまうのがそもそも異常なんですぜ……」

「下級魔術ですら杖の方が先に限界を迎えていましたからね……ロイド様が本気で全力を注げばどうなっていたか……」

「そんなことをすればこの空間……いや、天界ごと崩壊していたやも知れんな……くく、流石は我が終生のライバルよ」

グリモたちが好き勝手言っているが、こっちは火球の制御でそれどころではない。

元々この魔力体で魔術を使うのは魔力制御的に難しいとは思っていたが、杖まで使ったから制御が困難だ。やはりこの身体、少々手に余る。

一応殺さないよう威力を絞っていくが――

「ぬ、ぬおぉぉぉぉぉっ！」

苦悶の声は火の玉に飲み込まれていく。

そして、ずずんと地面に落ちた火球は蒼穹（そうきゅう）の果てまで届くような火柱を上げ、空間が大きく歪んだ。

……うーむ、やっぱり俺は杖を使わない方がいいのかもしれない。消火消火っと。

「お、ようやく炎が収まってきたな」

しばし水を浴びせていると、火柱が収まってくる。

それでも火球の当たった箇所は真っ黒に煤（すす）けており、その辺りの空間は大きく歪んでいた。

「いやはや、尋常じゃねぇ威力でしたな。これなら神もたまらねぇでしょうぜ」

「天使である私としては少々複雑ですが、今となっては神より何よりロイド様でございます」

「ふむ、だが少々やり過ぎたなロイド。辺り一面真っ黒こげになってるぞ。はっはっは」

白煙の上がる中、真っ黒になって転がっている神。

グリモたちはそれを見て勝利を確信しているようだが——

「いや、思ったより効いちゃいないよ」

見た目的には多少グロいが、その内部では魔力が力強く脈動している。

多少崩れた空間も修復、維持しているし、致命的なダメージはなさそうだ。

「くく、ふははは……」

笑い声と共に悠々と起き上がる神。

黒焦げの部分が剝がれ落ち、無傷の神が現れた。

「馬鹿な……あれだけの炎で無傷とは信じられねぇですぜ！」

「これが神……天界を統べる唯一神なだけはあります」

「天界の術は防御と回復に優れるというが、ここまでとはな」

グリモたちが息を呑む中、神は肩を震わせて笑う。

「ふふっ……余が生きているのはロイド、お前が手心を加えてくれたからだ。全力で撃ち抜いていれば危なかったやもしれん。全く、あまりに強すぎる。ここまでとは思わなかったぞ。様子見をするだけのつもりだったが、危うくそのまま死ぬところであったわ。これ以上戦うのは危険すぎるな」

「何を言い出すのかと思えば、降伏宣言でもするつもりか？　まぁ俺としては融合を解いて貰いたいだけだし、拍子抜けではあるが戦いを止めても構わないが」

俺の言葉に神はくっくっと笑い始める。

「……降伏？　降伏だと？　ふふ、ふははは！」

やがて我慢できなくなったように大笑いし始めた。

何もない空間内を神の不気味な笑い声がこだまする。

「降伏などするはずがなかろう。確かにお前は強いが、余もまた真の力を残しているのだよ」

「真の力、だと……！」

今の俺の火球を見て、受けた上でそんなことが言えるとは、一体どんな力を残しているのだろうか。ちょっとワクワクしてきたぞ。

「なんで目を輝かせてるんですかねぇロイド様よぉ……」

「いつものことだ。しかしただのハッタリではないでしょうか」

「うむ、奴に余力があるようにはとても思えんが……」

グリモたちの言う通り、先刻の火球を受け止めた時の神はどう見ても全力だった。――故に期待してるのだ。

戦闘というのは基礎能力が高い方が圧倒的に有利だ。

弱い方は工夫を凝らし、搦め手を重ねて戦わなければ勝機はない。

上位魔族やベアルとの戦いでは基礎能力で劣る俺は、多種多様な手段を使わざるを得なかったからな。

それはそれで楽しかったが……こらそこ、白い目を向けてくるんじゃない。

るのだ。

——ともかく、単純な戦闘力が劣る相手でも、戦い方によっては格上相手にも勝機はあ

神がどんな手を使うつもりなのか、楽しみである。

「くくっ、余の言葉に目を輝かせるとは本当にイカれているな。——本来ならたかが人間を相手に使うのは憚(はばか)られる程の力だが、お前相手には何の躊躇(ちゅうちょ)もない。成長する前に殺せることを、心の底から幸運に思うよ」

「御託はいい。早く見せてくれ」

「慌てずともすぐに——」

神の言葉を遮るように、ぱきんと空間が割れていく。

ひび割れた空間の先から現れたのは——聖王だった。

「あ！　いたいたロイド君ー！」

相変わらず能天気な声を上げながら、聖王は割れた結界内に足を踏み入れてくる。

「よいしょ……っと。いやー、参っちゃうぜホント」

ポキポキと首を鳴らし肩の凝りをほぐしている。

聖王の衣服は汚れ、随所が破れたりほつれたりと傷んでおり、激戦を繰り返した直後のようだ。

「それなりに手間取りはしたけれど……天界64神全部説得し倒して、無事最上階まで昇ってきたぜっ！　次はあんただ！」

びしっと神を指差す聖王。

そういえば宮殿の最上階にいるから天界64神を倒して昇ってこい、とか言ってたっけ。

律義にそれを守って昇ってきたのか。しかも説得し倒しって……一体どうやったんだよ。

「全く苦労させられたよ、一階層ごとに三人も番人がいるんだもの。血気に逸る彼らの攻撃を無効化しながら語りかけ、相手が力尽きるまでそれを続ける。それを二十階連続、その上最後は四人同時ってさぁ……流石の僕も疲れたが、これも平和主義者としての義務だよねっ！」

マジかこいつ、説得……というか自分から手を出さずに力尽きさせたっていうのか。はっきり言って正気とは思えない。

「絶句、ですな。天界64神って言えばそれなりに強ぇ奴らですぜ。そいつら相手に攻撃せず倒しちまうとは……」

「それなりどころではない！　ロイド様だから瞬殺できたが、天界では屈指の強者揃いだぞ！　人間には一対一で倒すことすら困難なはずだ！」

「ま、戦いが嫌いとかいう自分の言葉を曲げない辺り、人間の割には多少見どころがあるかもな」

グリモたちも驚いているが、俺ははっきり言って呆れてしまう。

俺も攻撃をわざと喰らうくらいはするが、相手が思い通りに動かないことはザラでつい手が出てしまうものだ。

なのにそれを連続64回も……一体どれだけ辛抱強いのやら。……ま、それくらいじゃなきゃ聖王なんて務まらないのかもな。

「しかも階段もやたらと長いし、ようやく昇り切ったと思ったら速攻で次が襲ってくるんだもの、休む暇もありゃしない。ゲームじゃないんだから少しはやり方ってのがあるだろうよ。僕じゃなけりゃあ死んでたね。……だがもう終わりだぜ神サマ！　あんたも僕が説得し倒してやるから覚悟するんだな！」

ビシッと神を指差す聖王だが、俺はふとした違和感に気づく。

神が最上階を目指させたのは天界最下層にあるここから遠ざける為だろう。

俺が空間転移で無理矢理ここへ来た時は驚いていたし、間違いあるまい。

だがなら何故、最上階にいた聖王が今ここにいるのだろうか。

「……なぁ聖王、どうやってここに来たんだ？」

「ん？　そりゃ最上階に着いたけど何もなかったから、とりあえず身体を休めてたんだよ。そうしたら急に空間に穴が開いて、足を踏み入れたらここに――」

聖王が言葉を止める。気づけば空間の白かった部分は徐々に剝がれ落ち、その奥からは漆黒の闇が現れる。

「わっ！　な、なんだぁ⁉」

どぷん、と闇に引き込まれる聖王。それは俺の足元にも及んでおり、ずぶずぶと飲み込まれていく。

純白だった空間は完全な漆黒となり、泥のようになっていた。

「ななな、何が起こってんだクソ天使っ⁉　天界のことはお前の管轄だろうがよっ！」

「私が知るか馬鹿魔人！　……だがこの泥からは禍々しいオーラが発せられている……気をつけて下さいロイド様！」

困惑するグリモとジリエル。そんな中ベアルが心当たりでもあるかのように神妙な顔をしている。

「まさか……いや、だがそうとしか考えられん……しかし本当にそんなことが……？」

「何かわかるのか？　ベアル」

「うむ……信じがたいことだがこの泥からは上位魔族特有の波長を感じる……！　決して天界の者には持てない、闇の波動よ」

「つまりあの神は魔族なのではないか、と？」

重々しい表情で頷くベアル。

「か、神が魔族ですと？　そんなことありえるハズがありません！」

「だが言われて見りゃあ、確かに魔族っぽい雰囲気を感じるぜ。しかもベアルの旦那に近いような……わぷっ！」

気づけば胸の辺りまで泥は浸食しており、聖王の全身が闇に沈んでいた。

この泥、それ自体が意思を持つ魔力体のようだ。

その浸食速度は異様に速く、あっという間に俺たちを飲み込んでいく。

とぷん——と視界が真っ暗闇になる。

泥が全身に絡みつき、全く身動きが取れない。ふむ、これが奴の言ってた真の力とやらか。

空間に囚われた者は上下左右も分からぬ中、全身を蝕まれ取り込まれてしまうというわけだ。

効果範囲の広さに加え、この強力な魔力密度。並の相手なら対処は不可能である。

——無論、俺は別だがな。

「空間系統魔術『虚空』」

周囲に無数の空間孔を開け、そこから一気に泥を吸い出していく。

ごぉぉぉぉぉ！　とうるさい程の音が響き渡る。

おーおー、すごい勢いだな。空間孔は泥を吸い込み続け、やがて潮が引いていくように闇が晴れていく。

「へっ、ロイド様をあんな泥で倒そうなんて百年はえぇぜ」

「しかし……さっきまでとは随分様子が変わりましたよ」

ぐるりと辺りを見回すと、空は真っ赤に染まり、泥を吸い込み切れなかったのか黒い霧が辺りに浮いていた。

足元は黒く染まりタールのようにべったりと靴にへばりついている。

「まるで地獄のような光景でございますね……」

「あ、聖王が落ちてやすぜ」

泥だらけの聖王が向こうの方に転がっている。

そういえばいたんだっけ。あの泥に飲まれても大丈夫なのは流石と言うべきか。

「おーい、生きてるかー？」

「う……」

呻（うめ）き声を漏らして半身を起こす聖王。

かなりぐったりしているが、どうやら息はあるようだ。

「それにしても神の奴、どうなっちまったんでしょうかね？」

「『虚空』に呑まれて消えたのでは？　魔力体といえど異空間に放り込まれればどうにも

なりません」

それにしては妙だ。さっきまで感じられていた奴の気配がまだ残っている。

最初は床などに残った泥かと思ったがそちらは徐々に薄れており、他の箇所に気配が集まっているように感じる。

その向かう先は俺の傍で座り込んでいる――

「ッ⁉」

聖王の口の中から飛び出したのは漆黒の槍。

がんっっ！　と重い衝撃が走り、それは俺の額を貫く。

「ロイド様ぁっ⁉」

吹き飛ばされた俺は空中で身体を反転させ、勢いよく地面に足を突き立てた。

踏みしめた地面は大きく砕け、めり込んだ足がブレーキの役割を果たすが、それでも数十メートルは吹っ飛ばされてしまう。

「大丈夫でございますかっ⁉」

「……あぁ、ちょっと痛かったけどな」

ヒリヒリする額を押さえながら答える。

聖王（？）はゆらりと身体を起こしながら、口元を歪める。

目も口の中もあの泥のように真っ黒だ。

その笑みは、雰囲気は、先刻まで対峙していた相手――神と酷似していた。

「ほう、あの一撃を受けて平気な顔をしているとはな。老人の身体では勝てんわけだ」

「……なるほど。それがお前の正体ってわけか。ようやく理解したよ、神――いや、暴食の魔王グラトニーと呼ぶべきか？」

様々な神らしくない行動、所々から感じられる魔王の気配、そして極め付きは他者の身体と交わるその力……ここまで来れば鈍感な俺でも気づく。

――暴食の魔王グラトニー。魔界に弱者として生まれながらその周到さと臆病な性格で魔王にまで成り上がるも、神に目を付けられ天界に攻め入るも敗北。天からはグラトニーが吸収した大量の魔人、魔族が降り注いだとされている。

だがそうではなかったのだ。グラトニーは神を倒し、自分は死んだことにしてカモフラージュの為に自らが吸収した者たちをバラまいた。そして神に成り代わって、ここにいる。

「ふん、やはりそうであったか。あの泥からは強烈なまでの魔王の気配が感じられた。先刻の泥もロイドを狙ったものではなく、聖王を吸収しようとしたのだな。その為に奴を呼び寄せたと」

つまりはそれが奴の言っていた真の力だったのだ。

他者を吸収し力を得る、暴食の魔王の本領発揮というわけだろう。

「ふっふっふ、くはははは！　その通りだ。余は暴食の魔王グラトニー、よく言い当てたと言いたいところだが、後代がそのザマでは叱咤すべきなのかもしれんな」

　神、改めグラトニーは挑発するように笑みを浮かべている。

「馬鹿な……神が……魔王だったですと……？　信じられません……！」

「だがそうだとしたら全て辻褄は合いやすいぜ。よくバレずにいたもんだがよ」

「くくく、冥途の土産に教えてやろう。天界に攻め入った余は天使どもをなぎ倒しながら神の元へと向かった。しかし神は想像以上に難敵でな。融合を解除する力を持っており、中々苦戦を強いられたが奴め、予想以上に甘い男でな……くくっ、念の為捕らえておいた天使どもを『盾』にしたら途端に抵抗するのを止めて大人しくなったよ。そして余は天使どもの命を救うのを条件に神を殺したのだ」

「……意外だな。お前みたいな奴は天使たちもついでに皆殺しにしそうなものだが」

「ふふ、何も分かっておらんな。殺すことなどいつでもできる。それよりも神に成り代わって配下に加えた方が有用だろう？」

　グラトニーはくぐもった笑みを漏らしながら、言葉を続ける。

「——あぁ、ちなみに現在の天界64神は全員が余の配下である高位魔族だ。一応半数は本物が残っていたのだが、どいつもこいつも存外優秀でな。気づきおるからすぐ消さねばならず参ったぞ。何も知らずにいれば飼ってやろうと思ったのに、わざわざ死にに来るのだから愚かなことだ。くっくっ」

「なんということだ……我々はずっとグラトニーに従っていたというのか……！」

歯噛みをするジリエル。そりゃまさか天界がまるごと魔王たちに支配されていたとなればショックを受けるのも無理はない。

「こうして神の座を得た余は人間どもを利用すべく聖王制度を作った。人の中でより余の魔力体と相性が良い者を予め選び、使徒とすることでいつでも融合可能な予備としたのだよ」

魔力体である魔族は人の身体に入り込み、我が物とすることが可能。聖王はその器ということか。

「強い人間である程乗っ取った後の能力は高ぇですが、馴染むにも長い年月が必要。そこで聖王を使うってことかよ。考えてやがるぜ」

「聖王は啓示を通して奴の魔力を受け入れ続けることで、より馴染み易いというわけですか……！」

グリモとジリエルが息を呑む。

確かに、先刻とは比較にもならない程の魔力の昂ぶりだ。

圧倒的なまでの力の奔流に、ただ立っているだけなのに吹き飛ばされそうだ。

「くく……力が溢れてきおるわ。この者は歴代聖王で最も強い力を持っていたが、下らん平和主義者で持って生まれた力を十分に使えぬ腰抜けだったからな。しかしそれもここまで、余がその力、存分に振るってくれようではないか！」

かっ、と目を見開くグラトニー。

瞬間、俺の視界が黒く染まる。

どぉん！　と爆発音が遅れて聞こえてくる。

「おい、大丈夫かロイドよ！」

「いてて……あぁ、ちょっと腕がヒリヒリしたくらいだ」

しかし俺の魔力障壁を貫き、ダメージを負わせるとはな。術式も使わないただの魔力撃がなんて威力だ。

速度、威力、そして広範囲に繰り出される黒の閃光。

グラトニーはその手に黒い十字架を生み出し、俺に迫る。

「ふはは！　まだまだ出力は上がっていくぞ！」

振り下ろされた十字架を、俺は両掌で受け止める。

ずずん！　と踏ん張った拍子に地面が大きく砕けた。

「どこまで耐えられるものか、見せて貰おうか！」

地面に縫い付けられた俺に繰り出される追撃、追撃、追撃。

どどどどど、と豪雨の如き連打が降り注ぐ。

「一撃一撃がなんつー重さ！　これが真の力を発揮したグラトニーかよ！」

「先刻とは桁が違う……ベアルよりも遥かに強いですよ！　最強の魔王と謳われるだけのことはある！」

だったらこっちも思う存分力を振るえそうだな。

俺はひょいっと連打から抜け出し、反撃を仕掛ける。

「神聖魔術『極聖光』」

指先から放たれる閃光が炸裂する——が、グラトニーは微塵も気にする様子はなく突っ込んできた。

ふむ、俺の神聖魔術で全く効果がないか。

グラトニー自体の魔力も十分強力なのだが、聖王の身体を使っているので神聖魔術の効果が薄れているのだろう。

天界に神として君臨することで天敵と対峙する場面をなくし、人と融合することで自らの弱点を消す。この用意周到さがグラトニーの強さなのかもな。

「……なるほど、こいつは弱点がない」

「その通り！　神の力を得た魔王、余こそこの世界で無敵の存在よ！」

気づけば手にした十字架が巨大化していた。

黒々とした魔力を纏ったそれを、俺目掛けて振り下ろす。

「くたばるがいいッ！」

どぉん！　と大地が十字に砕け、そこから爆煙が巻き起こった。

深い亀裂の底はもはや見えず、もうもうと立ち昇る煙をグラトニーは一瞥する。

「……ちなみにベラベラと喋った理由は貴様を確実に殺すべく、自身を追い込む為よ。覚悟と誓約による魔力の増強、最強の力押しというやつだ。余は周到だからな。確実に滅するべく最初から全力で行かせて貰った。これだけの攻撃を喰らえば如何に貴様とて生きてはおるまい」

くるりと背を向けるグラトニーに、俺はその頭上から声をかける。

「なるほど、覚悟や誓約などの強い意志により己を追い詰めて魔力の底上げか。魔力体とは特に相性が良さそうだな」

愛や勇気、嫉妬、憎悪などなど様々な感情の強さを使って魔術の効果を増す方法はそれなりに存在する。

とはいえ感情というのは制御するのが難しく、しかも術式制御中は冷静さも求められる為、魔術においては必ずしも有用とは言えない。

最後の一撃を振り絞るとかならまだしも、常用するのは難しいのだ。

しかし魔力体ならダイレクトに感情を肉体に込められるし、殴り合いをすることでテンションも上がりやすい。相性は抜群である。

「な――ッ⁉」


だがそれ故に、熱くなりすぎると周りが見えなくなるという欠点もある。

驚愕するグラトニーの足元に転がっているのは俺の抜け殻だ。

魔力体のガワだけ残して空間転移で移動したのだ。冷静であれば気づいただろうがな。

「普通はガワだけ残しても、手ごたえがなくなるから気づくと思いますが……」

「ガワだけであれだけの猛攻に耐えるとか、どんだけ硬ぇんすかロイド様はよ」

何を言ってるんだ二人共。このくらいはまだ序の口以下なんだぞ。

俺が人差し指をくいっと持ち上げると、グラトニーが宙に浮き上がる。

「うおおっ⁉」

「感情を乗せてぶん殴るのも悪くはないが、その程度の出力なら平静なままで普通に出せるだろ。――こんな風に」

指先を弾くと同時に――ばちぃぃん！　と弾くような音がしてグラトニーが吹き飛ぶ。

そのまま地面に叩きつけられ、衝撃で巨大な地割れが生まれた。

「先刻のグラトニーの一撃に勝るとも劣らぬ攻撃……しかも魔術を使っておらんな？　一体何をしたのだロイドよ⁉」

「ただの物理現象だよ」

指先に絡めているのは透明な糸──魔力体を薄く伸ばし、束ねたものだ。

それを弓のように弾き絞り、グラトニーに当てたのである。

張力ってやつだな。より少ない力で大きな力を生み出す術はわざわざ感情に頼らずとも、幾らでもある。

例えば他にも……ひょいっと糸を引いて大穴からグラトニーを吊り上げると、ぐるぐると回し始める。

遠心力により高速回転させながら、もう片方の手で生み出した光武・大槌を叩きつけた。幾ら神聖魔術に耐性があろうと、無理やりぶつければダメージはある。

──ぐしゃり、とひしゃげたような音がしてグラトニーの動きが止まった。

「まだまだ行くぞ。気孔牙・旋」

放たれた気の牙が螺旋を描きながらグラトニーを貫いた。

魔力体であることを利用し本来の十倍以上の密度に練り込んだ気孔牙・旋は、当たった後も勢いを失わずそのままグラトニーを運んでいき──遥か彼方で爆ぜた。

「がぁぁぁぁぁっ⁉」

「──とまぁ、こんな具合にな。感情に任せた戦い方は短期的には悪くないが、思考の幅

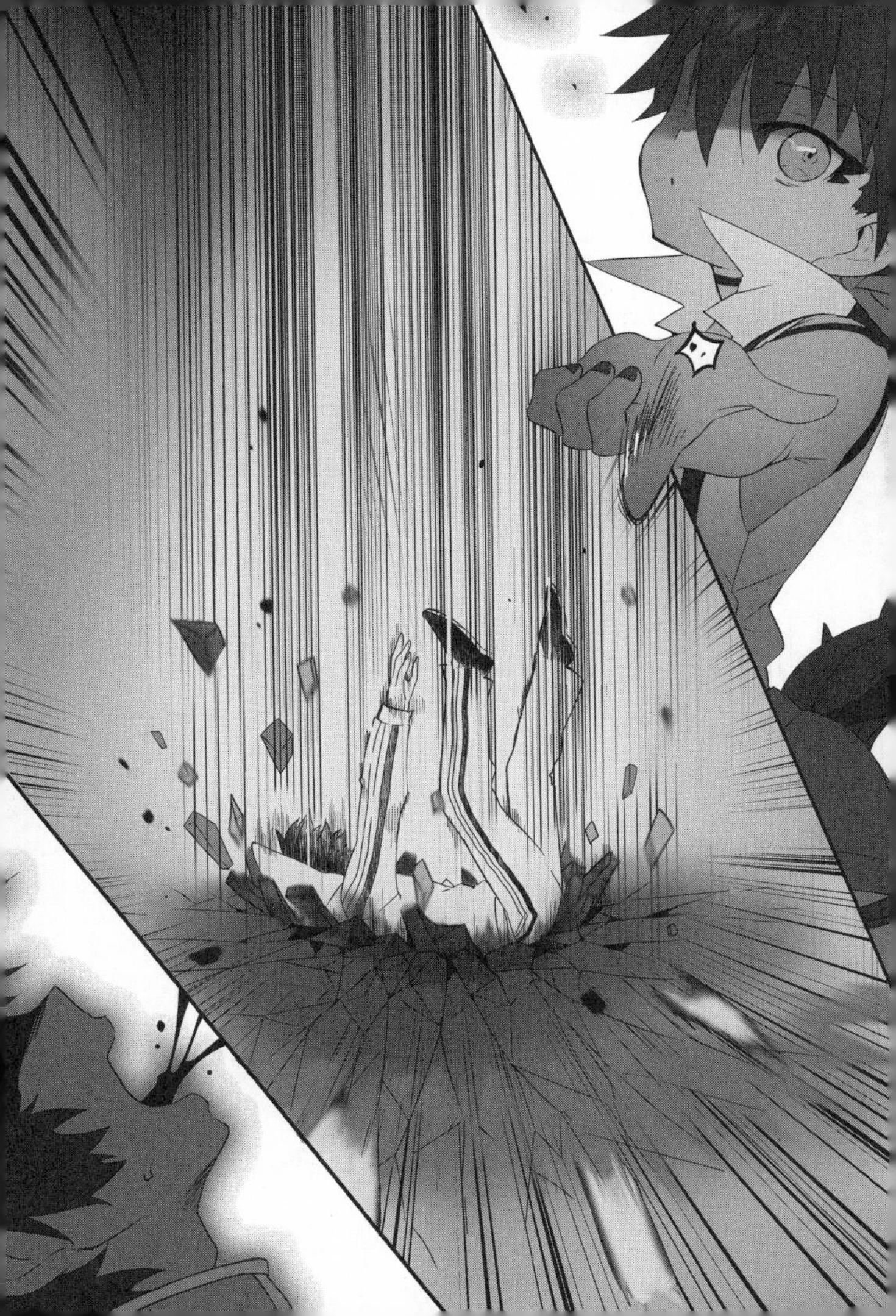

が狭まりやすいんだよ。だから思わぬところで足を掬(すく)われ、いいようにやられてしまうんだよなー」

それに冷静さを失えば分析もできなくなる。喋りながらも俺は右手を持ち上げたまま魔力体を生成していく。

作り上げたのは、杖だ。即ち術式増幅装置である。それを五本束ねる。

さっきは一発撃っただけで壊れちゃったからな。これだけ重ねれば上級魔術くらいなら撃てるだろう。

火系統最上位魔術――『焦熱炎牙』。

発動と同時に俺の視界が赤く染まる。杖が全て砕け散り、炎が、全てを飲み込んだ。

「あちっ、あちちっ、ちょ、火を弱めてくだせぇロイド様！　こっちまで焼けちまいやすぜ！」

「効果範囲が広すぎます！　辺り一面が火の海ですよ！」

「おっとと、やりすぎたか」

うーむ、特に工夫をしたわけでもないのに半端じゃない威力である。

やはり杖はダメだな。威力があり過ぎて使いづらい。水系統魔術で豪雨を降らせ、炎を鎮めていく。

黒煙が晴れて行く中、蠢(うごめ)く影が見える。

「はぁ、はぁ、はぁ……」

息を切らせながら立ち上がるグラトニー。

身体のあちこちが黒焦げになって見えるが、その魔力体は殆ど傷ついてないようだ。

精神的には結構ショックみたいだが。

「調子に……乗ってくれたな……しかしこちらもまだまだ余力は残されている。戦いはこれからだ。大した攻撃ではあったが、貴様とてあれだけの魔術を使えば随分消耗しただろう――」

言いかけてグラトニーが驚愕に目を見開く。

待機術式を用いて生み出した大量の魔術、更に杖により強化したそれらを周囲に浮かべた俺を見上げ、絶句したのだ。

「安心しろ。今のはほんの小手調べ。まだまだ余力はあるぞ。……あぁ、次はお前の番か。よしよし、今度こそちゃんとした本気で来いよ」

「馬……鹿な……！　今のが全力ではなかっただと……？」

一体何を驚いているのか知らないが、そりゃあそうに決まっているだろう。

だって俺はまだ基本の魔術しか使ってないのだから。

「ありえない……ありえない……！」

「？　何言ってんだ。さあ早く、真の力による本気の攻撃を見せてくれよ。感情を乗せた攻撃なんてショボいものじゃなくて、もっと趣向を凝らしたものをさぁ！」

俺の言葉にベアルが沈痛な声で答える。

「……ロイドよ、間違いなくあれが奴の全力だぞ。貴様は我との融合により強くなりすぎているのを忘れるな」

「えぇ……そうなのか？」

俺の問いにグラトニーは顔を顰(しか)めて返す。

うーむ、どうやら正真正銘あれが全力だったようだ。

だとしたら——俺は冷めた目で見下ろしながら、ため息を吐く。

「はぁ、やれやれ……どうやらお前と戦うより、聖王と話してた方がまだ得られるものがありそうだ。なぁ、今から代われないか？」

「……ッ！　き、貴様ァ……ッ！」

グラトニーは怒りに顔を歪め、歯嚙みをするのだった。

◆

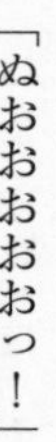

「ぬおおおおっ！」

咆哮と共に攻撃を繰り出し続けるグラトニー。

しかしロイドはそれを易々と弾き、痛烈なカウンターを入れてくる。何度も何度も。

「ぐっ……何故だ！　何故こうまで力の差がある……！」

魔力量の差はそこまで大きくない。むしろグラトニーの方が上なくらいだ。

加えて聖王の身体を介しているのでダメージも間接的にしか受けてはおらず。魔力体の損傷は少ない。そのはずなのだ。にも拘らず状況は圧倒的だった。

ロイドの放つ多種多様な攻撃が降り注ぎ、無数の融合によって得た大量の命を削り取られていく。

「最奥にある最後の一つが失われなければ死ぬことはない、が……くっ、このままでは……！」

過去数千年において一度も晒したことがない自身の命も、こうなれば安全とは言えない。

無限に近い命、そして無敵に近い強さを持つ彼は今、初めて脅かされようとしていた。

「ほらほら、こいつはどうだ？」

ロイドの手から生み出される見たこともないような魔力の輝き。

魔族を祓う術式、天界の力を扱う術式、世界にはあらゆる魔術があるが、これはそのどれとも違い過ぎる。

これが、こんな無茶苦茶なモノが魔術であってたまるものか。こんなものはもはや魔術とは言えない。これではまるで……

「ぬ……おおおおおおっ！」

苦し紛れに生み出す魔力障壁は易々と破られ、霧散していく。

超圧縮した魔力の壁は単純故に最強なはずだが、ロイドの放つ魔術はそれを歯牙にもかけない。

単純に威力が高いだけではなく、こちらに工夫を強いてくるのだ。

遥か昔、弱く小さかった頃に使わざるを得なかった小技でどうにか切り抜けるしかない。

反属性攻撃による対消滅、術式破損による無効化、消失魔術による非対象化……だがそのいずれをも、ロイドは嬉しそうにニヤついては即座に対応してくる。

さぁ次だ。新しいものを見せてみろ、と言わんばかりに――

「ぐぅ……何をしても対応されてしまう……このままではマズい。何か手を考えねば……」

思案を巡らせるグラトニー。その脳内であらゆるアイデアが浮かんでは消えていく。

まともにやっては勝ち目がない。かといって情に訴えてもダメだろう。仲が良さげであった聖王を取り込んだ後も顔色一つ変えず攻撃してきた鬼畜である。

だがグラトニーは諦めない。

かつて弱く小さかった頃、強者の顔色と行動を窺い、その弱点を見つけ出しては罠に嵌(は)め、倒し、あるいは逃げ、生き続けることでここまで成り上がってきたのだ。

「奴の行動、言動に何かヒントが……そうだ！」

グラトニーは思いついた名案を実行するべくロイドの方を向き直る。

「……くく、正直言って度肝を抜かれたぞ。ここまでの人間がよもやこの世にいるとはな……」

「お、なんだ？　ようやく逃げ回るのを止めて真面目にやる気になったか？」

ふよふよと空中から降りてくるロイドに向け、グラトニーは声を張る。

「ふははは！　見事だ人の子よ！　神たる余すらも凌ぎかねんその力、感服したぞ！」

「……んあ？」

その言葉に首を傾げるロイドだが、グラトニーは構わず続ける。

「しかしこれ以上やり合えば世界そのものが危険。故に大人の対応として、今日のところは余の負けにしておいてやろうというわけだ」

「……何言ってんだ？　お前は神じゃなくてそれを喰らった魔王(グラトニー)だろ」

「ふっ、それはただの冗談だ。お主らの話に合わせてやっただけ。言わばただの余興よ。

本当はさっき言った通り神なのだよ」

——当然、ただの苦し紛れの出鱈目だ。

誰でもすぐわかるような嘘だが、ロイドはそれを黙って聞いている。

「……くく、やはりな！　好奇心の強いこやつなら必ず聞き入ると思っていたぞ。もちろんこの後の言葉もな……！」

小声で呟きながら、グラトニーは言葉を続ける。

「神が人の願いを簡単に聞き入れるわけにはいかんのでな。いわゆる試練というわけだ。だがお主は見事に乗り越えた。望み通り融合を解除してやろうではないか」

「……なんだかわからないが、融合が解除できるのか？」

——勝った、とグラトニーはほくそ笑む。

あとは口八丁で無防備にさせ、そこに全力を叩き込むのみだ。

そうすればこいつは死に、また脅かされることのない平和な日々が待っている。

「……あぁ、出来るとも。さぁ近くに寄るがいい」

言われるがまま歩み寄るロイド。

その手からグリモとジリエルが飛び出してくる。

「騙されちゃダメですぜロイド様！　こいつの言ってることはデタラメだ！　隙を見せた

ら攻撃してくるに違いねぇですぜ！」

「その通りですロイド様！　奴めの口車に乗って隙を見せれば身体を乗っ取りにくるつもりですよ！　今すぐトドメを刺すべきだ！」

「なんか……二人が言うとなんか説得力あるな……」

「ぎくっ！！！」

ロイドの言葉に口籠もる二人の使い魔。

何やら忠告をしていたようだが聞く様子はなさそうだ。

首を傾げながらもロイドはグラトニーの前まで近づいてくる。

ククッ、一瞬焦ったがどうやら本物の馬鹿らしい。

「で、どうすればいいんだ？」

「目を閉じ、背を向けろ。そして身を包む魔力を消すのだ」

「こうか？」

言われるがまま纏っていた魔力を消し去るロイド、その無防備な背に手をかざす。

「……そう、いい感じだぞ！　くく、よしよし、すぐに融合を解いてやるからな」

くぐもった笑みを浮かべながら指先に魔力を集中させていくグラトニー。

より強く、より鋭く、反応すら許さない一撃で——殺す。

魔力を一点集中した指を無防備なロイドの首筋目掛け、突く。

——ぐしゃりと、音を立て砕けたのはグラトニーの手だった。

全魔力を込めたはずの指先はぐちゃぐちゃに折れ、あちこちがあらぬ方向に曲がっている。

「なん、だと……？」

会心の一撃だったはずだ。

技量もクソもない魔力の押し合いなら、魔力総量で勝るこちらが負けるはずはない。

にも拘らず何故……呆然とするグラトニーに、ロイドが何事もなかったかのような顔を向ける。

「ん？　まだ融合したままじゃないか。早くしてくれよ」

しかもロイドは全く意に介してない。

それどころか攻撃に気づいてすらいないのだ。

そしてその素肌に直接触れたことで初めて、グラトニーは件の一撃が効かなかった理由に気づく。

——ロイドの魔力体はその全てに術式が刻まれているのだ。

血も、肉も、骨も、あらゆる全てにだ。それにより生まれるのは超々高密度の魔力流。

攻撃が効かないはずだ。

グラトニーの魔力を流れる水とするなら、それは岩を溶かした溶岩のようなもの。如何に無防備だろうともわずかな影響すら与えられるはずもない。

まともに戦えていたように見えていたのはただの思い込み。ロイドはただ遊んでいただけだったのだ。わざわざ無意味な障壁や魔術を使っていた。普通に殴り合えば一瞬で終わるから、そうさせない為に。

信じられない。そんなことができる人間が存在するのか？　いたとしたらそれを倒す手段はあるのか？　逃げられる可能性は？——あるはずが、ない。


「馬鹿なぁぁぁぁっ！」


絶叫と共に逃げ出すグラトニー。だがそのすぐ背後から聞こえる声。

「おーい、どうした？　いきなり飛び出して？　トイレ？」

「くっ！　死ねぇぇぇっ！」

苦し紛れの魔力撃も、防御の姿勢すら取らずに無効化される。

逃げられない。絶望に顔を歪ませるグラトニーを見て、ロイドはぽんと手を叩いた。

「あ、もしかしてやっぱり嘘だったのか？」

「……当たり前に決まっているであろうが。我の言う通り奴は魔王グラトニーに他ならぬ。今のは苦し紛れの芝居だ」

ベアルのツッコミに、ロイドは頬を膨らませる。

「えー、じゃあ何で何も言わなかったんだよ」

「どうせ止めても聞かんだろうしな」

「……まぁロイド様ですし、大丈夫かなと」

「……我らも彼のことはあまり……ごにょごにょ」

グリモたちがブツブツ言うのを見て、ロイドは不思議そうに首を傾げる。

そしてつまらなそうに言い放つ。


「まぁ、別にいいか。どうでも」

凍りつくような冷たい言葉にグラトニーの全身からぶわっと汗が噴き出す。

同時に、かつての弱く小さかった頃の記憶があふれ出していた。

——魔界において最も小さく弱い獣。屍鼠(シソ)。

その中でもより弱く生まれた彼は、生まれた瞬間から常に命の危機に脅かされていた。

親から与えられる餌は先に生まれた兄姉(きょうだい)たちに殆ど奪われ、独り立ちした後も強者に食われまいとビクビク怯えて過ごす日々。

そんなある日、彼は当代の魔王と出会う。


「」

何と言われたのかは覚えていないし、当時の彼にはそれを理解する知能もなかった。

だがその時感じた絶対的な死の恐怖だけは彼の心に深く刻まれている——

「あれがそうだというのか⁉　奴に『あの方』と同等の力が……それ程の差があるというのか⁉　……あり得ぬ！　あり得るはずがないッッッ！」

咆哮と共に巻き起こる魔力の嵐。

無数の魔術陣がロイドの周りに浮かび、無数の魔力撃が降り注ぐ。

ドドドドドドドドドドドド！　巻き起こる爆発の渦、炸裂する光爆、立ち昇る極彩色の光の柱……全ての魔力を込めた攻撃は、しかしやはりロイドを傷つけるには至らない。

「こんなものか？」

呟きながら涼しい顔でグラトニーを見つめるその瞳は、遊び飽きて興味を失った玩具に向ける無垢（むく）で残酷な子供のそれだ。

その目は彼が最も敬愛し、最も恐れた主（あるじ）の目が時折見せるものと同じだった。

「くそっ！　くそっ！　くそぉぉぉっ！　何故こんな時にあの方のことを思い出すのだっ！　こんなガキがあの方と同じであるはずがないのにっ！」

数万年前、魔界の荒野にて彼を拾ったかつての主、始祖の魔王。

強く、賢く、美しく、そして何より恐ろしい……グラトニーが最も敬愛する存在である。

あの方のようになりたかった。彼が覚えてきた様々な技術は全てその為と言っていい。そんな彼の数万年に及ぶ研鑽が今、かつてない強敵と出会ったことで開花しようとしていた——

「な、なんだぁ⁉　いきなり奴の身体が光り始めやがったぜ⁉」

「す、凄まじい魔力の奔流です！　先刻とは比較にならない凄まじさですよ！」

光は轟々と唸りを上げながらグラトニーの身体を包み込んでいく。

吹き荒れる嵐の中心でグラトニーはその姿を変貌させていた。

「なんだなんだ？　また感情によるパワーアップか？　それはもう見た——」

言いかけたロイドの頭上に巨大な魔術陣が無数に浮かぶ。

直後、ずどどどどどん！　と降り注ぐ魔術の群。

炎が、氷が、雷が、ごちゃ混ぜの塊となってロイドを押し潰す。潰し続ける。

天界の雲をも貫き、大地に大穴を開けながらもそれは顕現し続けていた。

質、量ともに先刻の魔力撃とは訳が違う。

一点集中された高密度の連撃は巨大な光の柱はさながら、正に天と地を支えているかのようだ。

それほどの攻撃を繰り出しながらもグラトニーは力尽き果てるどころか、力が湧き上がるような感覚だった。

「──あぁ、そういえばこんな姿であったな。我が主の姿は」


魔力嵐が止み、グラトニーがその中から姿を現す。

懐かしそうに自身の姿を見やるグラトニー。

その姿は先刻とは随分異なっている。

漆黒の長い髪を靡かせ、頭の左右には禍々しく伸びた角。

切れ長の深紅の瞳に黒い紅を引いた唇。人外じみた眩い程の白い肌。

妖艶な美女を思わせる様相だがその左手だけは禍々しく黒に染まっている。

それはグラトニーがかつて出会った主の姿だった。

彼女は気まぐれに彼を拾い、グラトニーと名付け、ペットとして可愛がった。

グラトニーは初めて外敵に脅かされることのない安寧な生活を手に入れ、その庇護の下で徐々に力をつけていく。

ただの獣から魔物、魔人、そして魔族へと。

そうして何千年も代変わりする魔王の配下として過ごすことで更なる力を付けた彼は、やがて自らも魔王となったのである。

グラトニー自身がここまで成り上がれたのは、その時彼の心に刻まれた絶対的な死の恐怖から逃れる為だ。

再び呼び起こされたその感情により、彼は自らが最も敬愛し、畏怖する姿となった。即ち始祖の魔王、ベルゼヴィートである――

「な、なんだこのとんでもねぇ魔力量は……！　し、信じられねぇ！　今まですら恐ろしい魔力を放っていたってのによ……！」

「えぇ、ありえないことですがベアルと比べても圧倒的！　魔王を束ねたような強さです！　これが最強と言われた始祖の魔王……！」

「……当然だ。ベルゼヴィートを超える存在などありはしない。魔王としてふさわしいのはあの方ただ一人。他の者など余自身を含めて偽物よ」

グリモたちの言葉を鼻で笑いながら、そして己自身を卑下しながらもグラトニーは恍惚とした表情だ。

「まずは我が主の姿を思い出させてくれて感謝しておこう。何せ死に別れたのは一万年以上も前のこと。もはや記憶もおぼろげだったからな。……あの圧倒的力、恐怖、カリスマ、何よりその暴力性……今まで忘れていたのが不思議なくらい鮮明に浮かび上がってくるようだ。……ふふ、見たまえ。あの方のことを考えるだけで……フフ、手が震えてくるよ……！」

言葉の通り、グラトニーの指先はカタカタと震えていた。

それを無理やり押さえつけるように、力強く握りしめる。そこからは血が垂れ落ちている。

「しかし弱者たる人間から貴様のような化け物が生まれるようなこともあるのは想定外であった。聖王に管理を任せていたが余はまだまだ甘かったようだ。これからは世界のあらゆる命を管理し、余を脅かすような存在は全て芽のうちに摘み取ることにしよう。この大地に生きとし生けるモノは全て、牧場で牛を飼うように管理し、計画的な生産を行い、規格から外れた者は間引いていく。そうすることで永遠に恐怖に脅かされることのない、理想の世界が訪れるであろう。人間たちにとっても争いのない平和な世界が生まれるのだ。悪いことではあるまい？　ふふ……はぁっはっはっは——」

「それは困るな」

天地を貫く柱の中でぽつりと呟いた声に、グラトニーは笑うのを止める。

柱はメキメキと軋みを上げながら、縦に割れていく。

ばきぃ！　と真っ二つに砕けたその中から現れたのはロイドだった。

「可能性を芽のうちから摘み取る？　徹底管理して規格から外れた者を間引いていく？……おいおい、そんなことしたらつまんないだろ」

「何、だと……？」

絶句するグラトニーにも見えるよう、ロイドは人差し指を立てた。

その先端にある魔力球が砕けた柱の破片を凄まじい勢いで吸収していく。

「変わり者がいるからこそ様々な挑戦が生まれ、あらゆる発展が起きるんだ。争いや戦いが起きればそれは更に加速する。そうして切磋琢磨し合い、人は、世界は成長していくんだよ。ウチの兄姉たちのようにね」

「馬、鹿な……！」

天をも貫いていた柱は既に殆ど消滅している。

一体何が起きているのだ。あり得ない。自身の放つ最強の攻撃だったはずだ。如何な魔力体でも耐えられないはず。そのはずなのだ。なのに何故……ロイドの指先で渦巻いていた魔力の奔流はいつの間にか消滅し、代わりに漆黒の闇が浮かんでいた。

「そしてその全ては俺の魔術に生かす予定なんだ。よって悪いな。お前の理想の世界は俺が否定する」

そう呟いたロイドの瞳は、不気味なまでの黒と同じ色をしていた。

◆

「ふぅん、少しは面白くなってきたじゃないか」

変貌したグラトニーの魔力量と密度は先刻よりも遥かに上昇している。

また感情の昂ぶりによる強化という単純な手かと一瞬げんなりしたが、その感情は俺が思うより遥かに深かったようだ。

　言動から察するに、グラトニーのかつての主と同じ姿のようだが……

「なぁベアル、何か知ってるか？」

「うむ。――グラトニーは元々小さな獣だったが、当時の魔王に拾われたおかげであそこまでに成った。主は始祖の魔王ベルゼヴィート、古代魔術の創始者と言われている」

「ほほぉ……それは興味深い」

　古代魔術は威力と効率を重視することで攻撃に特化した脳筋魔術だが、その原点である今の攻撃には無駄も多いが現代の魔術に近い多様性を感じたのだ。

「ただ、中身がお前なのは残念だけどな。主の攻撃とやら、ちゃんと再現できるのか？」

「……ふん、今の一撃に耐えられたからと言って調子に乗るなよ……！　我が主こそが最強なり！」

　グラトニーが両手を天高く掲げると、一瞬にして空が黒く染まる。

　そこから生まれた無数の光が、俺目掛けて降り注ぐ。

「」

　言葉としては聞き取れなかったが、術式から察するにどうやら星堕（ほしお）としの類いのようだな。

　こいつも頂くとするか。高速術式にて展開するのは対魔術師用魔術――『吸魔』。

　指先に生まれた黒い魔力球が降り注ぐ星を全て吸い込んでいく。

　これは以前俺の持つ魔剣に刻んだ術式で、触れた魔術を吸い込み、保存できるのだ。

「相変わらずデタラメ過ぎる術式展開速度ですな。本来はクソ遅(おせ)ぇ『吸魔』の術式を瞬時に発動させちまうとはよ」

「魔力体となったロイド様は体内に無数の術式を仕込んでおり、いつでも最大限の魔術を発動可能ですからね。先刻の魔術も全部吸い込んでいましたし」

　グリモとジリエルの言う通り、今の俺は魔力体の内に大量の術式を刻んでいる為、非常に発動の遅い『吸魔』などの魔術も即座に撃てるのだ。

　まぁ基本的には分析用なので使い勝手は悪く、完全に吸い切れない部分は魔力障壁で防がないといけないがな。

「ありえん……！　我が主の最大魔術だぞ……！　それをあっさり無効化しただと……？」

　何やらブツブツ言ってるが、俺は術式の解析に忙しい。

「……ほうほう、中々特異な術式だ。試行錯誤の跡が窺える。お前の主はすごい魔術師だったんだな」

「があぁぁっ！　■■■(溶岩流)ッ！」

大地が割れ、そこから噴き出した真っ赤な溶岩が俺を襲う。

おおっと、こんな広範囲に散らばったら『吸魔』で吸い込むのが大変じゃないか。

ならばと俺は『吸魔』の効果範囲を拡大、更に空間転移を連続発動させ、溶岩流を全て吸い込んでいく。やはりサンプルは多い方がいいからな。

ふむふむ、大地に直接干渉し、吸い上げた溶岩をぶつけているのか。

どうやら魔力で環境を刺激することで天変地異を引き起こしているようだな。


「」

巻き起こる竜巻に身を任せながらも吸収する。
術式ごと吸い込んでしまえば、吹き荒れる風もただの微風と化す。

「■■■（猛吹雪）」


降り注ぐ豪雪も構わず吸い込む。

全ては吸い込み切れないので、魔力障壁を広範囲に展開し誘導しつつ吸収する。

地面が歪むような灼熱だろうと関係ない。

俺の『吸魔』はあらゆる魔術現象を吸収し、無効化する。

「それにしてもこれほどの攻広範囲撃を『吸魔』で捌くだけでも凄まじいのに、細かい制御の難しい空間転移すら同時に自在に使いこなすとは……全身術式とはかくも恐ろしいものか」

「とはいえ楽じゃないけどな」

空間転移や『吸魔』などの使いづらい魔術は体内の術式をかなり起動する必要があり、流石に幾つも同時には使えない。

最大でも十個くらいが限度かな。多分。

……なんだかグリモたちが白い目を向けてくるが、気のせいだろう。

「それより折角解析したんだ。俺も使ってみるとするかな」

手をかざすと一冊の本が現れた。

開くと五線譜の上にびっしり音符が刻まれている。

これは楽譜だ。俺の魔力体の延長として作り出した本の形をした魔力の塊である。

本来の『吸魔』による魔術吸収には高度かつ長文の術式が必要だったが、先日演奏会で得た魔曲——魔術の無限連鎖を応用したことで、本来の吸魔の何倍もの容量を実現したのだ。

おかげで今までは何重にも術式を刻んでようやく上位魔術を吸い込めるくらいだったが、さっきのようなトンデモ魔術もこれに全て収めることができるようになったのである。

「うおおおおおおお！」

その間も降り注ぐ攻撃を魔力障壁で防ぎながら、俺は頁をパラパラとめくっていく。

以前は楽譜とかには興味がなかったが、作曲したおかげでこういうことも出来るようになった。やはり全ては魔術に繋がっているな。うんうん。

そして……ふむ。これが始祖の魔王が作ったという古代魔術の術式か。

超広範囲に効果が及ぶ辺り大規模魔術に似ているが、こっちはより雑で強い感じである。

例えば同じ星堕としでも、『天星衝』は狙った星を落とすが、先刻のは大量の魔力で上空の星々を無理やり落としまくっていたしな。

故に細かく狙えず、サイズもバラバラ。しかし威力と効果範囲は比較にならない。

これは通常の魔術が魔力により物理現象を作り出すのに対し、こちらは世界そのものに作用する術式だからだ。

何とも豪快で魔王らしい術式である。

どれどれ俺もやってみるか。えーと……こんな感じかな？

くい、と指先を持ち上げると同時に、周囲の景色がぐるりと回る。

その直後、どがががん！　と激しい音が連続して鳴り響き、グラトニーの身体が消える。

先刻まで彼がいた場所には大きく聳える山が出現しており、その中腹辺りからはもうもうと土煙が上がっていた。

「こいつは世界で最も高い、モリランマ山ですぜ」

「しかしサルームからは遥か離れた大陸にあったはず。何故いきなりこのような場所に……？」

「先刻、とてつもない耳鳴りがしたが……一体何をしたのだロイドよ？」

グリモたちが疑問の声を上げる中、穴からグラトニーがヨロヨロと這い出てくる。

「き、貴様……今のは、まさか……！」

「ふふふ、どうせ動かすなら大きなものの方がいいだろう？　ほら、次々行くぞ」

くるりと指を回すと、またも景色が一気に変わる。

今度は海の中だ。予め魔力障壁を展開していた俺は問題ないが、突然海中にぶち込まれたグラトニーは目を白黒させていた。

「〜〜〜〜ッッ!?」

「次」

くるりと指を回すと、次に現れたのは噴火中の火山。

煮えたぎる溶岩の中にグラトニーが突っ込むと、衝撃で派手な大爆発が巻き起こる。

「次」

くるりと指を回すと、次は何の変哲もない密林。

そこへ投げ出されたグラトニーが息を荒らげていると、地響きが鳴り始める。

現れたのは巨獣の群れ。どすどすと土煙を上げながらグラトニーを踏み潰していく。

「次、次、次、次――――」

指を回すたび、景色は次々と変わり続ける。

「わ、わかったぞ！　ロイド貴様、何ということをしているのだ！　とんでもない……とんでもなさすぎる！」

信じられないと言った顔のベアルだが、グリモとジリエルは首を傾げている。

「……おい、何してるかわかったかクソ天使？」

「……わかるわけなかろう。教えて頂けますかロイド様」

ふむ、まぁこの魔術は普通のものより『少々』スケールが大きいからな。ここにいては気づきにくいだろう。

分かりやすいように少し上まで登ってみるか。指をすぅっと上に持ち上げると、視界が一気に暗く染まる。

眼下には青く光る巨大な球体が浮かんでいた。

「こいつはまさか……この大地、ですかい……？」

「そ、そうか！　ロイド様は大地そのものを……！」

「あぁ、動かしていたのさ」

そう、魔王の術式による環境操作でこの大地を直接動かしていたのである。

回転させることで様々な場所へ物理的に移動させ、少し離せばこうして見下ろすことも可能。

名付けるなら『星移動』というところか。

「おいおいおいおい、そりゃ星系統魔術ってのもあるくれぇだし、星そのものに作用することは出来るだろうが……この大地がどんだけデケェと思ってんだよ⁉」

「グラトニー、その飼い主だった始祖の魔王ですらこの大地に作用させられるのはせいぜい竜巻や噴火くらいですのに、星ごと自在に動かしてしまうとは……もはや流石という言葉すら生ぬるいですね」

「それもまぁ今更というか、ここまでいくと我ですら引いてしまうわ。頼むからこの星まで壊してくれるなよ。まぁロイドならたとえ壊れてもすぐさま直してしまいそうだがな……」

グリモたちがブツブツ言ってるが、それよりちょっと苦しくなってきた。

以前もこの高さまで移動したことがあったが、あまり大地から離れると息が苦しいんだよな。

魔術師の祖たるウィリアム＝ボルドーも、著書で人は大地から離れては生きていけないと書いていたし、あまり粗末に扱うのは良くないかもしれない。……元に戻しておくか。

俺は指をくるりと回すと、星を元の位置へと戻すのだった。

◆

ぐるぐると世界が回る。回る。回される。

上下左右どころか、ここがどこかすらわからない。

荒野から始まり、高山地帯、渓谷、森林、砂漠、溶岩、海底、そして遥か上空……

体勢を立て直すことすら許されず、グラトニーはただ為すがままになっていた。

まるで無邪気な子供に捕らえられ弄ばれる玩具のように。

だがそんな好き放題される感覚に、グラトニーはどこか懐かしさを感じていた。

朦朧とした意識の中で思い出していたのはかつての主、始祖の魔王ベルゼヴィートに拾われた当時のこと。

当時のグラトニーはまさに彼女の玩具であり、思うままに振り回され、死にかけたことも百や二百では効かないくらいだ。

しかしそんな扱いを受けながらも、彼は不幸せではなかった。

屍鼠だった頃のグラトニーは親兄弟にすら蔑みや捕食の対象としてしか見られたことはなく、歪んでいるとはいえ親愛に近い感情を向けられるのは初めてだったからだ。

「そういえば、こんな無邪気な視線を向けられるのはいつぶりだろうか……」

思えばベルゼヴィートと死に別れてからずっと、周りからの脅威に怯えていた気がする。

誰かの配下だった頃は新たな主や自分よりずっと強い同僚たちに、魔王となってからは新たな敵の出現に、神となってもなお、気が休まる時はなかった。

そんなグラトニーが今、かつてない程に安らかで無防備な顔を見せていた。

戦うことが馬鹿馬鹿しい程の力量差、敵とすら認識されない圧倒的な力、そんな絶対的強者に弄ばれる――それは必死にしがみついていた『強さ』という土俵から彼を降ろすのには十分であった。

気づけばグラトニーは憑き物が落ちたような柔らかな笑みを浮かべていた。

「主……よ……」

まるで揺籠に揺られる赤子のように、安らかな顔で彼は意識を失っていった。

◆

「……あれ？　グラトニーの奴はどこいった？」

この大地ごと同じ位置に戻したのだから、その辺りにいるはずなのだが……どうもそれらしき反応は見当たらない。

一体どこへ行ったのだろう。そう思っていると、一匹のネズミがちょこんと座っているのを見つける。

「チュー？」

ネズミはキョロキョロと辺りを見回した後、俺たちを見つけるとすごい速さで物陰に隠れてしまう。

しばらく俺たちの様子を窺っていたが、すぐにどこかへ走り去っていった。

「……なんでこんな何もない荒野にネズミがいるんだ？」

「さぁ、ネズミなんてどこにでもいるもんでさ」

水も餌もない荒野なんだけどな。

地面の下にいたのを掘り起こしてしまったのだろうか。だとしたら悪いことをしたかもしれない。

「お、聖王が落ちてる」

「そういやさっき戦ってた途中でグラトニーに吐き出されてやしたね。どうにか息はあるみてぇですが」

死なれても困るしとりあえず治癒魔術でもかけておくか。

と言っても目を回しているくらいで全然大したことなさそうだな。

まぁそれくらいタフじゃなければ、この物騒な世界で平和主義を唱えるのは難しいのかもしれない。

「それよりグラトニーを探しませんと。あんな化け物を野放しにしておくのは危険すぎます」

「ま、それ以上の化け物がここに野放しになっているわけだが……む」

ベアルが何か失礼なことを言いかけた、その時である。

先刻まで黒雲で覆われていた空が、急に眩い光を放ち始める。

「その必要はありませんよ」

空から声が聞こえる。どこかで聞いたような声だが……

「グラトニーは再び輪廻の輪に還りました。仮に復活したとしても、再びあれだけの力を得るには気が遠くなるような長い年月がかかるでしょう。世界は救われたのです」

「……あんたは？」

「勿論、名乗らせて貰いますとも。――さぁこちらへ」

言葉と共に俺の身体が光に包まれる。

そのまま俺は上空へ、その先にある天界へと誘われていく。

――辿り着いたのは真っ白な空間だった。

最初にグラトニー扮する神がいた場所である。

だが以前と違い何かを隠しているような違和感はなく、爽やかな清浄さを感じられる。

そしてもう一つ大きな違いは、中央に浮かんでいたヴェールがなく、代わりに長椅子が置かれていた。

座っているのは少し前に別れたばかりの老年男性――リーゴォだ。

「リーゴォだと？　そういやこんなのいやしたね。完全に忘れてやしたぜ」

「それどころではありませんでしたからね。しかし何故この男が……？」

グリモとジリエルが疑問を口にする中、リーゴォはゆっくりと手を叩く。

「やぁロイド君。まずは礼を言わせて欲しい。とても人とは思えぬ……げふんげふん。いえ、素晴らしい働きでした。本当にありがたいことです」

「どういうことだ？　最初から話してくれ」

「あぁそうですねすみません。まずは自己紹介から。私はそう、神と呼ばれる者です」

自らを神と名乗ると、リーゴォは語り始める。

「確か……えーと、一万年以上前くらいでしたかね。魔王となったグラトニーはどんどん力をつけ、天界でも手に負えない存在になっていました。私は彼との戦いに赴きましたが、あえなく返り討ちに遭い、神に成り代わられた——そこまでは彼から聞きましたな？」

頷いて返す。リーゴォの声には到底嘘とは思えない真実味が感じられる。

言葉そのものに力が宿ったこの感じ、聖王の魔曲に近いもの……つまりは神の証明とも言えるだろう。

あの時、聖王がリーゴォの言葉を無条件に信じた理由がなんとなくわかるというものだ。

ま、これなら本物と思ってもいいだろう。ていうか違ったらボコればいいだけの話だし。

「なんだか物騒なことを考えているような顔ですが……こほん、そうして私を倒したグラトニーはまだ利用価値があると思ったのでしょう。私は殺されることはなく、力を奪われ幽閉されていたのです。それからはあなた方も知っての通り」

「そういえば神サマ、僕が階段を登っている時にいつの間にかいなくなってたけど、どこに行ってたんだい？」

ついさっき目を覚ました聖王の問いに神は気まずそうに頬を掻く。

「実は上に行っても無駄足だと知っておりましたから途中で抜けさせて貰ったのですよ。歳を取ると階段は辛いですからな」

「ってお――――い！　神サマ薄情過ぎない――――!?」

「いやーはっはっは。申し訳ない」

すかさずツッコミを入れるが、神は気にしてないようだ。

結果的にはそのおかげでグラトニーと接触せずに済んだわけだが。

一回幽閉されて、警戒するようになったのかもな。

「しかしやたらとユルい神ですな。リーゴォの時からの話だがよ」

「元々の性格なのでしょう。グラトニーに負けたのもやむなしかと」

グリモたちも呆れているようだ。

ま、神なんてそれくらい適当な方がいいだろう。変に几帳面な奴がなって、いちいち干渉されてもそれはそれで面倒だ。

さっきの戦いでグラトニーが言っていた、ヤバそうな奴を排除する管理社会なんて以ての外だもんな。

それに折角面白い奴が出てくるかもしれないのに、芽のうちに摘むなんて勿体なさすぎるだろう。

「ともあれ、私を――延いては天界を救ってくれたロイド君には礼をせねばならないでしょう。……少し失礼しますよ」

神はゆっくり歩み寄ると、俺の額に指をかざしてくる。

指先が触れたその時、ぱぁんと破裂音がして視界が白く染まった。

◇

「……さま？　ロイド様っ⁉」

聞き覚えのある声に目を開けると、そこは俺の部屋だった。

半身を起こした、その瞬間。

「ロイド様ぁぁぁっ！」

「むぐっ⁉」

抱きついてきたシルファに再度ベッドに押し倒される。

な、なんだなんだ。一体何が起こったんだ。

「ふん、ようやく気付いたようだな」

コニー――の中のベアルが念話で話しかけてくる。

「心配しやしたぜロイド様。中々目を覚まさねぇからよ」

「えぇ、しかし良かった。ようやく元に戻れましたね」

両掌にいるグリモとジリエルもだ。

眼前では俺を押し倒し全身を押し付けてくるシルファと、それを止められなかったからかレンが申し訳なさそうにしている。

……あぁ、そうか。俺はベアルとの融合が解除され、元の身体に戻れたのか。

完全に忘れていたがその為に天界に行ってたんだっけ。神はどうやらそれを叶えてくれたらしい。

「これでよかったのですかな？　ロイド君」

「あぁ、助かった」

頭の中に響いた神の声に俺は頷く。

いやーあのまま元に戻れなかったら、どうなることかと思ったぞ。

やはり自分の身体はいいものだ。魔力体ってのは力がありすぎてどうも落ち着かなかったからな。

「ふーむ、それにしても惜しい。君が融合によって得ていた力はまさに神をも超えるものでしょうに。魔術好きとしても勿体なかったのではありませんか？」

「いや、全く」

断言して返す。そもそも俺は強さというものに興味がない。

確かに魔力体を自ら扱えるのは中々楽しい体験だったが、なんかフワフワしてて落ち着かなかったんだよなぁ。

大体あれは他人の身体だ。それはそれで新しい発見はあったが、やはり己の身体の方が落ち着くというものだ。

「それにあの状態が最もうまく魔術を扱えるとは限らないだろ。魔術は奥が深い。より広く、より鮮明に理解出来る形はきっと他にもあるだろうし、それに出会う可能性を考えればあの身体に未練はないさ」

ついでに言うとグリモにジリエル、ベアルまで俺の身体に同居していたからちょっと鬱陶しかったのだ。

色んな声が聞こえてきて、うるさくて研究に集中出来ないからな。

「ってロイド様はいつも俺らの話なんか聞いてねぇじゃねぇですか」

「集中すると特に、ですね。というか我々以外の声も全く聞こえてない様子です」

「全くその通りだな。人のせいにするでないぞ」

グリモたちがブツブツ言ってるが、この身体だと声の響きも小さくて良い。

集中すれば大した問題ではないとはいえ、静かな方がいいのは間違いない。

「そうですか……そうですな。そんな君だからこそ、あの最悪の魔王にも勝てたのかもしれません。あれだけの力を持ちながらも邪（よこしま）な心を持たない君になら、神の座を任せてもいいかと思っていましたが……きっと君は嫌がるのでしょう」

神が何やらブツブツ言い始める。

天界からだから念話が届きにくいのだろうか。

次元の壁を通すのはそれなりに大変そうだからな。魔王にも負けるくらいだし、強さ的には大したことがないのだろう。

そんなことを考えていると神は大きく咳払いをする。

「んん！　……わかりました。でしたらこれ以上は何も言いますまい。君は君の自由に生きると良いでしょう」

「言われなくてもそうするつもりだ」

何と言われようが、俺は好きなようにやらせて貰うだけである。

ふふふ、それにしても今回の遠征は本当に沢山のものが得られたぞ。

融合による魔力体から始まって、天界の様々な術式、大量の天使、魔族との戦闘、果ては初代魔王の術式まで……流石に魔力体でなければ使えない大規模なものも多いが、それはそれで工夫のし甲斐（がい）があるというものだ。

今度は魔界にも行ってみたいな。きっと楽しいに違いない。

この好奇心は何者であろうと邪魔は出来ないのだ。たとえ神でも魔王でもな。

「そんなことよりどうやって融合を解いたのか教えてくれ」

「ほっほっほ、それではさらばです」

「あ、おーい！」

神を呼ぶが、徐々にその気配は薄れていく。

くっ、人の話を聞かない神め。しっかり意識があれば分析できたものを……惜しいことをした。

まぁいい、きっとまた機会はあるだろうしな。今度は受けた魔術をオートで術式化する方法でも編み出しておこう。

「ロイド様っ⁉　しっかりなさって下さいませ！」

「わっ！」

リベンジを胸に誓っていると、突如シルファが俺の顔面を押さえつけ顔を近づけてくる。

……しまった。そういえばシルファのことを忘れてた。

「ようやく気が付いたと思えばブツブツと独り言を……あぁいけません。やはり万が一を考えるべきでした！　すぐに医者の元へ連れて行かねば！」

「ちょ、ちょ、シルファ～？　俺は大丈夫だと……おーい、話を聞いてくれー」

俺の言葉には耳を貸さず、羽交い絞めにして部屋を出るシルファ。

視線で助けを求めるもレンとコニーは諦めて、と言わんばかりに首を横に振っている。

「神も魔王も恐れぬロイド様も、このメイドには勝てないんですな……」

「シルファたんもさぞかし心配していたでしょうからね。ここは大人しく従った方がよろしいかと」

「くくっ、まぁよいではないか。今までコニーたちに任せきりにして楽しんでいたのだ。少しは相手をしてやるがいい」

くっ、グリモたちまで……味方がいないぞ。

◆

「神、か」

夜闇の月下を歩きながら聖王がポツリと呟く。

唯一無二だと信じていた神は思ったよりも脆く、弱かった。

ずっと偽の神に騙され、本当の神は牢獄に囚われ、その神を倒した魔王は人間に倒されてしまっていた。

今はまたリーゴォが神の座に就いてはいるが、一度は魔王に取って代わられていたくらいだ。いつまた同じようなことが起きるかわかったものではない。

とてもこれからは安心して仕えることができるぞ……なんて能天気なことは言えないだろう。

「僕はただ、平和な世界を作りたかっただけなんだけどなぁ」

聖王が生まれた村はとても貧しく、少ない食料を巡って毎日のように争いが起きていた。

田に引く水を奪って殺された一家がいた。一欠片のパンの為に命を落とす子供もいた。口減らしに子供を殺す親など別に珍しくもなかった。

幾分か裕福な教会の子として生まれ育ち、それをずっと見てきた彼が願ったのは平和な世界。

その道が決して平坦ではないのは理解している。

資源は有限であり、余裕を失った人の精神は荒みに荒み、他者が愛を唱えても虚しいだけ……結局は強者による強制的な調整を行うしかないのだ。

余剰がある場所からないところへと物資を流通させ、代わりに資源を差し出させる。反対する者は力でねじ伏せる。

聖王となった彼が力を行使したことで、村ではようやく争いが収まり、平和が訪れたのである。

その時彼は思った。絶対強者である神に従っていれば間違いはないのだ、と。

「後は何も考えず、神の言葉に従っていれば皆が平和に暮らしていけるはず……そう思っていたんだけどなぁ」

神も所詮は一つの生命。

間違えることもあればより強き者に負けることもある。神とて絶対の存在ではないのだと聖王はようやく悟ったのだ。

彼が信じていたものは全て崩れ去り、己の価値観を見失いつつあった。

これから何を信じ、どう生きるべきか。何の為に力を振るうべきか……

「いっそ僕が神に……っていやいや、誰が認めるっていうんだよそんなものを」

あまりにも馬鹿げている。そもそも人間が神になろうなど、思い違いも甚だしいというものだ。

地上の人たちも受け入れないだろうし、天使たちだってそうだ。それに自分で出来るとも思えない。傲慢にも程があるというものだ。

結局また思考を堂々巡りさせる彼の前に、黒い影が現れる。

「……おやギザギザ。いつの間にいなくなったのかと思ってたけど、一体何をしてたのかな？」

「こいつを取りに行ってきたのさ」

ギザルムが手にしていたのは黒い宝玉、石の中には輝く文字が刻まれている。

「石……中に刻まれているのは、術式かい？」

「あぁ、魔石と言ってな。この中には融合の術式が込められている」

魔族の使う術式、中でも秘術と言われる融合などは術者本人ですら理解できないブラックボックス。

伝える方法はただ一つ。この魔石に術者の魔力体の一部を封じ込め、他者に受け渡すことである。

始祖の魔王から受け継がれてきたこの魔石により融合はグラトニーに伝わった。その力を恐れた彼は魔石を神の宝物庫へと隠していたのだ。

「へぇ、でもよく知ってたね。そんなものがあるってさ」

「……正直なところ俺にも何故だかわからんのだがな。魔王になるにはこれが必要だと思ったのだ」

今のギザルムは聖王が魔曲で呼び出した存在。本来の彼だけでなく、ロイドと因縁があるモノが混じっている可能性は高い。

もしかしたら彼が倒したグラトニーの記憶が混じったのかも……と考える聖王だが、ふと気づく。

「……ってオイオイ！　君今、魔王になるとか言わなかったか？」

「ん？　あぁ、元々俺が魔界から出てきた理由は魔王になる為だからな」

戸惑う聖王にギザルムは堂々と言い放つ。

情報によると彼は魔界からこの大陸に渡り、とある城を乗っ取ったがそこを訪れたロイドに倒されたという。

何の為に遠い魔界からこんな場所へ？　とは思っていたが、まさかそんな理由があったとは。

「今の魔王は弱い。……まぁ単純な戦闘力はそれなりにあるのだろうが、精神的にぬるすぎる。あんな奴が魔界を統べる王であってなるものか。だからその座、俺が貰い受けようと思ってな」

「……だがよ、魔王ってのはなろうと思ってなれるものなのかい？」

王というものはなろうと思ってなれるものではない。

人が王と認められるには血筋だったり、神に選ばれた印だったり、化け物を倒す行為だったりと、そうなるだけの『物語』が必要なのだ。

聖王も神託を受け、厳しい試練を乗り越えようやく選ばれたものである。

「魔王となるには君自身が魔族の中でも屈指の存在だとか、あるいは血統だとか、はたまた天の啓示を受けただとか、そういう『物語』が必要だろう？　君はそういう魔王の資格ってやつを持っているのかな？」

ただの王ですらそうなのだ。

その最上位であろう魔族の王には、それ以上の立派な『物語』がなければ周りからは受け入れられるハズがない。

だがギザルムは顔色ひとつ変えないまま、小首を傾げて返してくる。

「いいや。別に」

「は……？」

「俺は俺だ。血筋だの資格だの下らん事この上ない。『物語』なんてものは俺の歩いた後に雑魚どもが勝手に作ればいいのさ。俺は俺のやりたいようにやり、その結果魔王の座を頂くだけだ」

言葉を失う。代わりに答えを得た。

……そうか。神が信じられないなら僕が神になればいいんだ。なれるかどうかなんて関係ない。なると決め、行動を起こせばいい。それだけの話だったのだ。そうすれば僕の思い描く平和な世界が作れるじゃあないか。

他人からどう見えるかはともかく、少なくとも僕の納得いく世界は作れる。

こんな簡単なことに気づかなかったのだろう。思わず笑みが漏れてしまう。

「……む？　さっきまでの不細工がいい顔になったじゃないか」

「ふっ、そうかい？　君のおかげかもね。……ホント、君を呼べてよかったよ」

なんて言いながら、聖王は内心で呟く。

（ギザルムは魔王になろうとしている。彼を上手く利用すれば僕が神になることも可能……！）

例えば力をつけたギザルムを天界で暴れさせ、それを御すことで周囲に認めさせる。もしくは魔王となった後に倒す。先刻のロイドが如く融合し、絶大な力を得るなんてのも悪くない。やりようは幾らでもあるじゃないか。と聖王は微笑を浮かべる。

それをじっと見つめながら、ギザルムもまた口角を歪めていた。

（聖王、か。奴を融合にて取り込めば神聖属性への抵抗もできる。神聖魔術は魔族唯一の弱点だからな。それにこいつの持つ魔曲とかいう力も悪くない。魔王の座を得るのに……そしてあのガキをぶち殺すのに、大いに役立つはずだ……！　ククッ、運が向いてきたぞ……！）

口元を押さえ笑みを堪えるギザルムを見て、聖王はため息を吐く。

……ま、向こうもどうせ似たようなことを考えているのだろうけれども。なんてことを考えながら。

「手を貸せ聖王、貴様の力が必要だ」

「いいとも。相互協力といこうじゃないか」

尤も、それはお互い様である。これは戦いなのだ。どちらが望みを叶えるかという勝負。

聖王が差し出す手を、ギザルムは叩いて返す。

パァン！　と心地よい音が辺りに響いた。

こうして二人は行動を共にすることになる。

互いの黒い腹の内を薄々理解しながらも……

◆

そして天界事変は幕を閉じた。

神が元の座に戻ったことで聖王もまた元の鞘（さや）に収まり、また聖王庁で仕事を続けることにしたらしい。

ベアルも俺の制御下にあると判断され、封印は免れたようだ。

「そういや聖王が連れていたギザルムはどうなったんでしょうかね」

「流石に還したのではないか？　あんな危険な輩を連れている程、愚かではないでしょう」

グリモとジリエルが何やらブツブツ言っているが、俺はそんなことよりも目の前の状況をどうにかするのが先決であった。

「ロイド様、それより剣術のお稽古が溜まっておりますよ」

「おいおい、まずは僕の時間じゃないのかい？　独り占めはよくないな」

「俺の方が先だぜ。なぁロディ坊」

「我輩も」

「ウチも」

「私もー」

ずらっと並ぶのはシルファ、アルベルト、ディアン、ゼロフ、ビルギット、アリーゼ……何故勢揃いしているのだろうか。

傍に隠れるレンとコニーに視線を送ると、ごめんとばかりに頭を下げてくる。

「ロイドが天界に行ってた間、宿していた人格が張り切っちゃってさ」

「どんどん皆の要求に答えまくって殺人的スケジュールが組まれちゃったってわけ」

そういえば俺の身体に制御魔術で自動制御人格を入れていたんだっけ。

何故か異様に陽気な性格だったが、レンとコニーにフォローを任せればどうにかなるだろうと思っていたが……どうやらやる気がありすぎて皆の要求を聞き続けていたらしい。

くっ、せっかく俺がやる気のない第七王子で通していたというのになんてことをしてくれたんだ。

いきなりいつもの俺に戻したら流石に不審がられるだろうし、少しずつ変えていくしかないか。……はぁ、憂鬱である。

「……ふふ、身体が足りないわねロイド」

くすくすと笑うサリア。

見透かすような視線に愛想笑いを返しながら、俺はバレないように分裂する魔術を真面目に検討するのだった。

あとがき

第七王子八巻、お買い上げいただきありがとうございます。謙虚なサークルです。

今回聖王編ということで、久々にサリアの登場となりました。

八巻は多分今までで一番書き直しが多かったですね。

前回のVS魔王があまりにもインフレしすぎたので、だからといってデフレはありえないんで、だったら出す敵を戦闘力以外に長けた奴にしよう！　というわけで生まれたのが聖王くんなんです。

最初は聖王率いる聖王十字軍と戦う予定だったんですよ。でもなんか違う……と思って聖王の能力を音系にし、音楽祭を絡めることでサリアの登場となりました。

そこで一旦完成……だったんですが、原稿送ってしばらく待っていると、コミックでなんとギザルムが復活してしまったんですよね（笑）

まぁ以前からそういう空気はあったんですが、まさかここでぶっ込んでくるとは……と。驚きながらもそれからしばらく考えました。

コミックでギザルムがでようが本編とは関係ないが、ある意味原作でも復活させるチャンスでは……と。

悩んだ結果、聖王とパートナーを組ませることで二人に新たな面を与えられるのではと思い、編集さんに原稿返して貰って書き直し、ここに復活することとなったのです。
ついでに七巻のヴィルフレイも結構好きだったんでね。混ぜちゃいました（笑）
そんなこんなで新キャラを加えた八巻、如何だったでしょうか。次も買っていただけると幸いです。

あ、そういえばアニメ見ました？　すごく良かったですよね。

アニメーションも素晴らしいんですが、キャラに声がつくと思い入れも増えるものです。

ゲームや何やらとコラボまでしていて、アニメ化ともなれば色々あるもんだなーと感激ですね。

そういえばアルベルト主人公のスピンオフ「現代転移の第二王子」もコミック、小説ともに発売中ですのでこちらもよろしくお願いします。

ではでは今回はこの辺で、またお会いしましょう。

転生したら第七王子だったので、気ままに魔術を極めます8

謙虚なサークル

2024年6月28日第1刷発行
2024年8月 9 日第2刷発行

発行者	森田浩章
発行所	株式会社　講談社 〒112-8001 東京都文京区音羽2-12-21
電話	出版　(03)5395-3715 販売　(03)5395-3605 業務　(03)5395-3603
デザイン	AFTERGLOW
本文データ制作	講談社デジタル製作
印刷所	株式会社ＫＰＳプロダクツ
製本所	株式会社フォーネット社

KODANSHA

ISBN978-4-06-536480-2　N.D.C.913　325p　15㎝

定価はカバーに表示してあります